新美南吉と花木たち

ANJYO NANKICHI CLUB

安城南吉倶楽部 編著

風媒社

新美南吉の作品に出てくる花木たち

ナタネ（菜種の花〈無題〉『菜種の』）

ネムノキ（ねむの木〈詩〉「からす」）

ハナノキ・雌花（花のき『花のき村と盗人たち』）

カタバミ（かたばみ〈詩〉「三年前のノートから」）

ゲンゲ（れんげさう〈詩〉「四月のあさの」）

ヒガンバナ（ひがん花『ごん狐《ぎつね》』）

イヌマキ・実（槙『狐』）

エンジュ（遠樹〈書簡〉）

ムクノキ（椋『椋の実の思い出』）

スイバ
（すかんぽ〈短歌〉「スパルタノート」）

ナンキンハゼ・種（烏臼〈詩〉「落葉」）

ミョウガ（茗荷〈詩〉「百姓家」）

ノウゼンカズラ
（のうぜんかづら『山の中』）

シュロ（棕梠の木『塀』）

エニシダ（えにしだ『和太郎さんと牛』）

ナズナ（ぺんぺん草〈随筆〉「私の世界」）

はじめに

新美南吉と安城とのかかわりは、わずか五年だった。南吉は愛知県半田市で生まれ、昭和十三年四月から安城高等女学校（現・愛知県立安城高等学校）の教員となり、教鞭の傍ら童話の執筆に情熱を燃やした。

安城に暮らす七人でつくる安城南吉倶楽部は、市内の中部公民館が平成二十三年十月から開講した「おとなが読む新美南吉の世界」の受講者の中から、閉講後も続けて新美南吉の作品に親しみ、生誕百年（平成二十五年）を契機に更に南吉を広めていこうと結成された。南吉作品読書会を続けるなか、作品に書かれている花・木・草に注目し、全作品の中で、どの植物が何回扱われているかなどを皆で調べた。

発端は、平成二十四年のクリスマスの日の調査（実際には見学会）だった。市内の堀内公園に南吉の作品に出てくる樹木がどれほどあるかを調べた。調査とも言えないささやかな行動だったが、それでも視点らしきものを手に入れた。安城市の「南吉まちづくり」にも何か提供できるのではないか、作品で扱われている樹木や草花とまちづくりへの夢がひろがった。

この直後から作品に取り上げられた植物を正確に把握するため、『校定新美南吉全集』に収録された全作品を二年近くかけて調べることとなる。

植物の調査結果をデータベース化することで、より多くの方々に活用する道をと考えた。南吉を愛する読者が、庭木などの選別に利用したり、四季折々の南吉作品に描かれる草花で家庭や学校、公園を彩る花壇作りをしたりとアイデアは広がり、会員相互で話し合うことがしばらくつづいた。

こうしたなか、会員の一部からデータベースだけでは魅力に欠けるとの意見が出され、出版を検討する機運が出てきた。しかし、七人の会員は出版に関して経験者は一人、「新美南吉に親しむ会」での出版経験者は二人で、残る四人は未経験者であり、出版の機運が熟すには更に月日が経過することとなった。

しかし、経験がないだけに臆することも知らず、出版に向け動き出してもいた。皆が花・木・草を作品の中から取り上げ、童話などの中で扱われた植物と作品や南吉との関わり、また作品に対する思いや新たな発見などを自由に書くこととした。

以前から南吉ファンだった人もいれば、また最近南吉作品に出合った人もいるなど、南吉に対する思いや情熱は千差万別である。我々七人の会員間でも違った。この本をお読みいただく方が、初めて南吉作品を読んだときに抱いたのと同じような感情や記憶、また、南吉作品の世界に浸ることで沸き上がってくる想いなど、作品との関わりの深さや長短にかかわらず、きっと自身の歩んでこられた軌跡を確認いただけるのではないか。

それにしても植物調査から歳月は流れ、ここに至るまでの道程の長さに皆は感慨ひとしおの体である。

最後に、出版にご協力いただいた関係者の皆様に感謝申し上げる。

平成二十九年十月

渡邊清貴

新美南吉と花木たち　目次

[凡例]

一　本書に引用した新美南吉作品は、「校定新美南吉全集」(大日本図書)に掲載されている作品を対象とした。

二　引用に際しては、「校定全集」に掲載されている表記とした。

三　本文引用以外は、カタカナ表記はひらがな表記に、旧字は新字で記載した。

四　植物リストでは、旧字、カタカナ表記を区分して並べて記載した。
(例　薔薇、ばら、バラ)

五　文中において新美南吉は「南吉」、「校定新美南吉全集」は「校定全集」、安城高等女学校は「安城高女」とそれぞれ表記した。

第1章——花

ぷりむら

「ぷりむらハわかるゝ頃に咲く花ぞ」

正八

〈短冊〉校定全集第八巻

南吉が四年間担任した十九回生の卒業に際して、教え子の一人に請われて記念に短冊に記したもの。

新美南吉生誕百年の年（平成二十五年度）安城市主催の行事の始まりは、安城市立桜町小学校（元安城高等女学校）の体育館でおこなわれた、没後七十年の「新美南吉を偲ぶ会」であった。

南吉の教えを受けた人たち、十六回生から二十三回生までが集まった席で、十八回生の一人が私に言った。

「東京の学校を出られた若い先生が新しく赴任されると聞いた時、私たちは二年生でした。
新美先生の初めての英語の授業を、私たちは華やいだ気持ちで迎えました。その日、クラスの一人が教卓の上にプリムラの鉢を置きました。教室にみえた先生は、教卓の上の白い花に驚かれたようにみえました。立ち止まってじっとみつめられ、授業はそれから始まりました」

教師としてはじめて生徒に迎えられた日の歓迎の一鉢、「ぷりむらの花」を主題として、四年後の南吉は卒業する生徒に「送ることば」として短冊に記した。そして最後に「正八」と本名を記した。

南吉はなぜ、冒頭のぷりむらをひらがなにして「は」を「ハ」にしたのだろうか。「プリムラ」の「プリ」は「一番の、最初の」の意味で春早くに咲くことだという。オペラ歌手の主役の女性をプリマドンナというのもそこからきている。

澤田喜久子

植物解説　ぷりむら

サクラソウ科サクラソウ属の属名である。主として北半球の温帯〜寒帯に分布し、日本に十四種ある。

日本では、荒川流域の浦和市（二〇〇一年に合併し、さいたま市となった）田島ケ原にサクラソウの群落地があり、特別天然記念物として保護されている。江戸時代から明治にかけて荒川沿いにふつうに見られたので、花期の四〜五月になると、サクラソウ見物がおこなわれ、現在でも五百〜七百品種の園芸品が栽培されている。

南吉が卒業生に請われて短冊に書いたプリムラの句は、生徒から贈られた鉢植えのプリムラをイメージしたらしい。日本の品種にプリムラという言葉は使わないので、ヨーロッパで品種改良された園芸品だろう。ポリアンサ、ジュリアン、マラコイデス等々、たくさんの品種が出回っているが、短冊の句がどの品種を指すかは特定できない。（堀田）

菫

――それにしても、何故、わしはこんなことをしたのだらう。こんなに菫を摘んで、一人一人子供にあげようといつて……。良寛さんは、もう夕闇で黒く見える菫の花を見ながら考へた。けれど、はつきりとは解らなかつた。

『良寛物語　手毬と鉢の子』第十七章「菫」校定全集第一巻

「昨夜から『良寛さん』を書き出した。今日で二七枚になった」

昭和十六年一月五日、日記にこう記された南吉の新たな物語は順調な滑り出しをする。学習社から依頼を受けた初出版への意気込みもあったのか、およそ二カ月間に原稿用紙二百九十一枚を書き上げた。

安城高女で教師をしながらである。良寛の生誕地、新潟県出雲崎への取材もできなかったため、ひたすら既存の資料を頼りの執筆であった。その上、良寛の子ども時代の資料もなく、ほとんどが南吉の創作ともいえるこの良寛物語には持てる力のすべてを注ぎ込むかのように、これまでの自身の作品のモチーフが随所にちりばめられてある。

物語は南吉が想像し紡ぎ出したエピソードが主軸となり十七章まで綴られ、「菫」はその最終章。ひとりぼっちの良寛さんの胸中を夕闇に黒くしおれてゆく菫に託して話が進められる。

現世を棄て、自身を棄て、無に生きる良寛さん。菫を摘みながら時を忘れるほどどこに心を遊ばせていたのだろうか。

夕闇に黒く萎れた菫の花を見ながら、なぜわしはこんなことをしたのだろうと述懐した良寛さんが見つけた答え、

〈今は、はつきり解つた。良寛さんは人が戀《こひ》しいのだ。一人でゐるのは寂しいのだ。（中略）─年をとつたのか、わしはまた寂しさが我慢《がまん》出來なくなつて來た。〉

こうして良寛さんは五合庵を後にして麓の村へ下りて行く決心をするのであった。

南吉が子どもらに何を伝えたかったのかが見えてくるような気がする。

たとえどんなに修行を積んだ良寛さん（あるいは南吉自身）であっても、人は誰でも孤独なのだ、そして一人では生きられないということを。

山田孝子

植物解説　菫

スミレは日本に約五十種類が分布する。南吉が住んだこの地方の草原に見られるスミレには、スミレ、アリアケスミレ、ヒメスミレ、ノジスミレなどがあるが、花が紫色だから白花のアリアケスミレは該当しない。

しかも、「菫の花束を両手に持った」の表現から、手に持つだけの背丈があり、花柄がしっかりしたスミレでなくてはならない。ヒメスミレやノジスミレでは小さすぎる。南吉がイメージした「菫」はおそらくスミレであろう。

花期は四〜五月。花柄の高さは十〜二十センチメートル。葉は三角状披針形または長楕円状披針形。葉先は鈍頭。葉の長さは三〜十五センチメートル。北海道から九州に分布。スミレ属の中で最もふつうな種類で、他のスミレ類と区別するために、ホンスミレとかマンジュリカと呼ぶ人もある。（堀田）

菜種の花

菜種の花が咲きそろつて、空氣は匂ひにみちてゐるころでありました。ある日私が菜種畑の中の細い畦道を、たんぽぽやクローバーを踏み踏みやつていくと、一人のみすぼらしい、老人にあひました。老人は畦道の上に仰向けに寢そべつて、深い兩の眼に大空をうつしゆつたり麥笛を吹いてゐましたが、私がそばに來たのに氣がついて半身を起こして輕く會釋しました。

〈無題〉『菜種の』校定全集第七巻

これは、菜種の花の匂いにみちた空気の中を、たんぽぽ、クローバーを踏みしめて老人に出会うという書き出しの未完の物語だ。

南吉作品で「老人」が中心人物として登場する物語は「私と老人」の対話で始まる『菜種の』、そして「若者と老人」の対話で展開する『鴛鴦』だけのようだ。

ともに老人との対話による物語になっている。『鴛鴦』では、若者は恋の体験を語り、雄と雌の鴛鴦になれば、澄み切った愛のみの関係になれることを水の精である老人から教えられた。

南吉は、恋の葛藤を解決した物語『鴛鴦』を書き上げ、次に、明るく喜びに満ちた物語『菜種の』に続けようとしたのではないだろうか。

南吉がこの二作品を書き上げたと同じ歳に不条理な恋に陥り解決の糸口さえ見つけられぬ知人がわたしの身近にいた。この体験を知るにつけ、南吉は書くことにより解決できた人だったと思う。

その後の物語は、明るくひかりに満ちたものになるのだろう。

この沸き上がってつきない喜びを世界に向けて叫ぶには、見渡す限り「きいろ」で埋め尽くされた菜種の花、菜種畑がふさわしい。

冬を通り越し、伸びやかな季節「春」に咲き誇るのは黄色い菜種の花である。

この未完の物語のなかで、恋を成就させた「私」は菜種の花ひらく季節に老人と何を語り始めるのであろうか。

杉浦正敏

植物解説　菜種の花

いわゆるアブラナ（油菜）のことで、春に黄色で四弁の十字花がたくさん咲き、種から菜種油を取るのでつけられた名前である。花がきれいなので「菜の花」ともいった。

私が子どもの頃の昭和二十年後半〜三十年前半の春の田んぼでは、ピンク色のレンゲと緑色の麦と黄色のアブラナはよく見られる風景で、図画の時間にはよく写生した。図画紙に大きく三色をぬり、後は遊びに興じていた記憶がある。

ナノハナといえば、現在では切り花用に栽培されている。渥美半島では、ナノハナ畑で辺り一面黄色の景色となり、多くの見学者が訪れるという。ところが、平成になった頃から、安城で川の堤防に黄色の花がたくさん見られるようになった。「菜の花」が一面に咲いているとニュースになり、新聞に紹介されることもあった。しかし、ナノハナに見えるがじつはセイヨウカラシナという別の草である。アブラナと同じ仲間であるが、比べてみるとセイヨウカラシナは全体が少しやせていて、花びらの黄色も薄い。決定的な違いは、ナノハナの葉には葉柄がなく、葉の下の部分が茎を抱いているが、セイヨウカラシナの葉には葉柄があることである。（稲垣）

薔薇

「薔薇を下さい――」と言つてから、彼は「蕾を」と言ひ足した。

花屋の内儀さんは（略）「薔薇はもう時期をすぎてゐるもんですから蕾があんまりございませんが――」と言ひ澁りながら一束を持つて來た。

少女の唇のやうに花瓣の縁のまくれてゐる五つ六つの大きい花の間にたつた一つ小さい蕾が匂ひを固く閉ぢてゐた。（略）

門口の紅薔薇の茂みの中の一つの蕾に眼がとまつた。薔薇は冬の間寒い北の風の中で一つか二つづつ咲き續けて來たもので、もう終りに近かつた。（略）そこで彼はその最後の蕾を折りとつた。

『小さい薔薇の花』校定全集第六巻

登場人物は二人。彼と、彼との交友が中学時代から始まり、今夜、数年ぶりに会う友人で二十代半ばの青年である。物語には「薔薇の蕾」を軸にして友人が思いを寄せる少女が登場してくる。彼と友人は、共に南吉の分身、そして友人の恋人でもある彼女は、南吉が思いを寄せた女性ではないだろうか。

さて、「薔薇の蕾」はどのような役割を果たしているのだろうか。

南吉の作品では、薔薇は詩と俳句にしばしば登場するが、散文に登場しても脇役でしかない。例外は『小さい薔薇の花』（昭和十二～十七年）であり、友人と少女を繋いでいるかに見える。

ところで、これより前の（断簡）『として巡行して』（昭和十～十一年）にも「薔薇の蕾」が登場していた。そこでは「彼の胸奥に秘められたその薔薇の蕾」は「一つの秘められた希望」と言い換えられていた。

これを受けているとすれば、物語の中の「薔薇の蕾」は、友人と少女を結び、この少女は南吉のこころに秘められた一つの希望と言えるのだろうと思った。

＊

安城高女での南吉の教え子の一人は「当時私の住んでいた家には、大きな白い花をつける薔薇があって、花期の間じゅう、剪っては学校へ持って行きましたが、先生はとても喜んでくださいました。（中略）薔薇は、麦、松の新芽などと共に特にお好きだったように思います」と語ったことがある。

杉浦正敏

植物解説 薔薇

ここでいう「薔薇」は、南吉の「小さい薔薇の花」に出てくるバラである。花屋の内儀さんに「彼」は薔薇の「蕾」を注文する。「彼」にとって、蕾は「秘められた希望」であったようだ。

バラは、バラ科バラ属の総称であるが、ここではむろん野生のバラではなく、園芸品種として改良された艶やかな八重咲の花をイメージしている。バラは、その美しさと、人を惑わせるほどの芳香の香りを求め、古代バビロニアの時代からずっと今日まで品種改良されてきた。あのクレオパトラも薔薇油で肌を磨き、薔薇の芳香でアントニウスを酔わせた。八重に咲いたバラの花こそ、熟した女性のイメージである。バラは花を開いてこそ薔薇である。

それなのに、「彼」はわざわざ蕾を求めた。成熟の匂いを固く閉じ込めた、未だ熟さない蕾がいとおしかったのであろう。そこに、詩人としての南吉の鋭い感性を垣間見ることができる。南吉が、心に秘めた純真な未熟へのあこがれを持っていたとしても、素直にそれを受け止めたい気持ちになるのは私だけではないだろう。（堀田）

菖蒲

……菊次さんは歩いてをりました。

りやうがはに紫の菖蒲《しやうぶ》の花が咲いてゐる長い路でありました。（中略）菊次さんはもうずゐぶん歩いて來たやうに思ふのですが、いつかう路がつきるやうすもありません。ふりかへつて見ると、歩いて來た路は、菖蒲の紫の花にふちどられてまつすぐにつづき、遠くなるほど細くなり、乳色のもやの中に消えこんでゐました。

『百姓の足、坊さんの足』校定全集第三巻

菊次さんは、初穂集めの時、雲華寺の和尚さんに毎年同行する。ある時、集めた米をこぼし、その米を二人は蹴散らした。その後菊次さんは蹴散らした左足を痛め、足を引きずりながら生きた。

菊次さんのおばあさんは、米を作っている百姓だからばちがあたったと諌める。同じように米を蹴散らしたのに和尚さんには変わりはなかった。

四十年後、その二人が同じ日に亡くなる。菊次さんが足を引きずりながら菖蒲の花が両側に咲いている路を歩いていくと、和尚さんに会う。

菊次さんは和尚さんに「仏さまの国に行く路なら何もこう菖蒲ばかり植えなくてもちっとは蓮の花を植えたらどうかと思う」という。そして「わしはこどもの時分から、菖蒲の花と、あやめの花とかきつばたの花の区別がどうしてもつかんがどうしたものか」という。

二股道にさしかかると極楽路は菊次さん、地獄路は和尚さんと二人は分かれる。南吉は百姓の菊次さんには優しく、和尚さんには厳しい決断をする。教え子の人たちから聞く、南吉の優しさと非情さなのかもしれない。

話しの流れからくる冥途への路を蓮（ハス）ではなく、菖蒲の花咲く路とした南吉ならではの発想はおもしろく、南吉独特のユーモアとセンスである。

南吉自身は「菖蒲」「あやめ」「かきつばた」の区別がわかっていたのだろうか。

澤田喜久子

植物解説　菖蒲

サトイモ科ショウブ属の植物で、水辺に群生することが多い。根茎は太く、よく枝分かれして長く伸び、節から多数の根を出す。全体に芳香があり、湯船に入れて香りを楽しむ人たちも少なくない。

葉の長さは五十～百センチメートル、幅十～二十ミリメートル、葉先は鋭くとがる。花期は五～七月。花茎は葉より短い。花序は、花時には長さ四～七センチメートルになり斜上する。

ショウブの花序（花）を見せると、初めて見た人はたいてい「えっ、これが菖蒲の花ですか」と驚き、いぶかしがる。花序の形は大男の親指のようなもので、とても硬い。花菖蒲のような華やかな花をイメージしていた人は、しばしばがっかりさせられる。

北海道～九州まで広く分布し、東アジア、シベリア、マレーシア、インド、北アメリカにも自生する。日本のショウブ属に二種あり、もう一つがセキショウである。（堀田）

桜

野原にはもう春がきてゐました。
櫻が咲き、小鳥はないてをりました。
けれども、山にはまだ春はきてゐませんでした。
山のいたゞきには、雪も白く殘ってゐました。
山のおくには、おやこの鹿がすんでゐました。
坊やの鹿は、生れてまだ一年にならないので、
春とはどんなものか知りませんでした。

『里の春、山の春』校定全集第四巻

春、桜、花。
あかるくほのぼのとした言葉がちりばめられ、希望を感じさせてくれるものがたりである。底抜けに明るく、限りなく深くやさしい。

普通の人生を過ごしてきたひとに、このような創作ができるものだろうか。
南吉は四歳のとき生母りゑを病で失い、その一年三カ月後には継母と弟が突然、家族に加わったという。小学校二年の夏、八歳間近なとき母方の祖母のもとに養子に出されている。それは祖母と二人だけの生活だった。その後、もとの家に戻されている。人はさまざまだから断定はできないが、南吉が家族の温かさを感じ取ることができていたのは生母と暮らした四歳までだったかもしれない。

この世がどのようなものであるのか、大人になってから知ることが普通なのに、四歳にして感じ取り、八歳間近にして孤独に追い落とされた南吉であったとしても不思議ではない。南吉四歳までの幸せだった世界と、その後の死と向き合ってきた体験が『里の春、山の春』を生み出したのではないか。そうした心の闇をくぐりぬければ、そこでは、ふつうの「はな」でさえ、「さくら」でさえ、ちがうものに見えてくる。

里の野原にいるおじいさんから「さくら」のかんざしを角に結んでもらい、山の奥にいる生まれてからまだ一年にもならない坊やの鹿は、おとうさんおかあさんから、「ぼオんという音はお寺のかね、これが花、あれが春」だったと教えてもらった。そして、山の奥にも、やっと春が来て、桜も咲き始めた。

これこそ南吉が生きてみたい世界だったにちがいない。

杉浦正敏

植物解説

桜

昭和四十年代、桜といえば四月三日の小学校入学式に、学校の校門横で咲いているサクラをバックにクラスごとの記念写真を撮るというのがひとつの風景だった。ところが現在は地球温暖化の影響で、三月末にサクラは咲き始めるし、入学式も四月五日で遅くなっている。今では桜が散ってしまった中で、パパとママの家族一緒にスマホでパチリが普通のようである。

このサクラは、江戸時代にオオシマザクラとエドヒガンザクラの交配で作られたもので、ソメイヨシノという。公園や学校、川の堤防などに植えられている。記念樹として植えられることも多い。ソメイヨシノは開花したらすぐに満開になり、一週間ほどで五弁の花びらは散ってしまう。江戸時代前の桜といえば、花が咲く時、茶色の葉が出ているヤマザクラがほとんどであった。（稲垣）

ぼたん

おきょうを　わすれないように、こぞうさんは　みちみち　よんで　いきました。

キミヨ　ムリヨ
ジュノ　ライ

すると　なたねばたけの　なかに　うさぎが　いて、

「こぼうず　あおぼうず。」

と　よびました。

「なんだい。」

「あそんで　おいきよ。」

そこで、こぞうさんは　うさぎと　あそびました。しばらく　すると、
「やっ　しまった。おきょうを　わすれちゃった。」
と　こぞうさんが　さけびました。
すると　うさぎは、
「そんなら　おきょうの　かわりに、
むこうの　ほそみち
ぼたんが　さいた
と　おうたいよ。」
と　おしえました。

『こぞうさんの　おきょう』校定全集第四巻

小僧さんは檀家でウサギに教わった唄を唱える。法事に来ていた人たちは可愛いお経だとくすくす笑うが、檀家の主人はすました顔でごくろうさまといい、お礼におまんじゅうを小僧さんにあげる。

「キミョ　ムリョ　ジュノ　ライ」は浄土真宗「正信偈」の冒頭である。ボタンの花が咲く情景をお経に転化して小僧さんに言わせるユーモアは優しく、ユートピアを感じる。また、小僧さんとウサギのやりとりは「ごんぎつね」の兵十とごんとの関係同様に人と動物とが共存する世界である。南吉幼年童話の中の傑作の一つであろう。

南吉が生まれた半田市岩滑にはお寺が二つある。作品「ごんごろ鐘」の舞台である光蓮寺と、「ひよりげた」の舞台になった常福院である。常福院は南吉が寝起きしていた離れの家の路地を挟んだ裏手にある。寺での勤行の読経や鐘の音は毎日聞こえていたはずだ。お盆近くになると盆踊りの稽古が始まり、時には南吉もその中に入って踊ったという。お寺は子ども達の遊び場であり南吉もまた慣れ親しんだ場所であった。

ちなみに、花の終わりを表現するときに「桜は散る、梅はこぼれる、椿は落ちる、菊は舞う、牡丹は崩れる」と優雅に表すという。

澤田喜久子

植物解説　ぼたん

ボタン科ボタン属の落葉小低木で、原産地は中国西北部、元は薬用として利用されていた。ボタンの花は、盛唐期以降ずっと「花の王」として、他のどの花よりも愛好されてきた。原種の樹高は約三メートル、接ぎ木で作られる園芸品種は一～一・五メートル。以前は種からしか栽培できず、まさに「高嶺の花」だったが、戦後にシャクヤクを使用した接ぎ方が考案されて急速に普及、鉢植えや台木苗で市場に出回るようになった。台木に使うシャクヤクも中国原産でボタン科ボタン属に分類されるが、こちらは木でなく草である。シャクヤク自体の花も美しく、花の宰相を意味する「花相」と呼ばれている。

ちなみに、「立てば芍薬　座れば牡丹　歩く姿は百合の花」という言葉をよく聞く。美しい女性の容姿、立ち居振る舞いを花にたとえて形容した言葉だが、シャクヤク、ボタン、ユリの花の美しさがほかの花に比べて際立っているからだろう。（堀田）

あぢさゐ

僕と松男君はいつだつたか、ろんよりしようこ、ごんごろ鐘がはたしてごんごろごろと鳴るかどうか試しにいつたことがある。静かなときを僕たちは選んでいつた。鐘《しゅ》樓《ろう》の下にあぢさゐが咲きさかつてゐる眞晝どきだつた。松男君が腕によりをかけて、あざやかに一つごオん、とついた。そして二人は耳をすましてきいてゐたが、餘韻《よいん》がわあんわあんと波のやうにくりかへしながら消えていつたばかりで、ぜんそく持ちの痰《たん》のやうな音はぜんぜんしなかつた。

『ごんごろ鐘』校定全集第二巻

兵器生産に必要な銅、しんちゅう、鉄などの金属を国民から供出させるという童話らしからぬ時代背景を持った作品が『ごんごろ鐘』である。家の仏壇の仏具から寺院の梵鐘までも戦争に勝つために隈なく集められた。戦争に入る前は多くの鉄屑がアメリカから輸入されていたが、その流れが止まり鉄や鉄屑の調達が急務となった。

南吉が教鞭をとった安城高等女学校からほど近い南明治の受頭院においても、南吉が書いた『ごんごろ鐘』と同様梵鐘が供出されている。供出は昭和十七年、当時の写真がその時の様子を伝える。

平成二十七年は、戦後七十年の節目の年であり、改めて戦前、戦中、戦後の記録や当時の話が各地で話題となっており、南吉が生きた当時の世情の一端を窺い知ることができた。戦争へと時代が動き、国民生活が年ごとに厳しくなるなかでも梵鐘の下のあじさいだけは、変わることなく世情を眺めていたに違いない。

あじさいは、雨に似合う花として紹介される。中国を経て、欧州に持ち込まれており、その夏、旅先の中欧の街角で見たあじさいは、国内で見慣れた花と変わりはなかった。しかし、梅雨を連想させる印象こそなかったが、薄い紫色が周辺の街並みの光景に溶け込んで絵葉書を見る思いであった。

渡邊清貴

植物解説 あぢさゐ

アジサイは、ゆきのした科の落葉低木である。今では観賞用として公園や寺院の参道、山道などに植えられている。花の色もピンク、白、緑、青紫などたくさんある。花びらに見えるものはがくで、普通は四枚である。

アジサイといえば江戸時代後期に来日した、ドイツ人のシーボルトが関係する。アジサイの学名はヒドランゲア・マクロフィラ・オタクサという。このオタクサは「お滝さん」のことで、シーボルトの愛人の名前だという。日本に来て、いろいろな植物を見て、自分の好きな花に名前をつけて、記念に残したといわれている。(稲垣)

サルビヤ

空地のそばを通つてゐるとき、太郎左衞門はふいに久助君の方をふりかへつて、

「君、あの花、何だか知つてゐる？」

と、少し嗄《しやが》れた聲で流暢《りうちやう》にきいた。そつちを見ると、いぜんここに家があつたじぶん花畑になつてゐたらしい一角に、小さな赤黒いさびしげな花が二三本あつた。

久助君は知らなかつたので黙つてゐると、

「サルビヤだよ。」

といつて、美しい少年の太郎左衞門は歩き出した。

向かふが話しかけたんだから、こつちも話していいのだと思つて、久助君は、少し胸を躍らせながら、

「横濱から來たのン？」

ときいた。

『嘘』校定全集第二巻

南吉が昭和十五、六年に書いた作品なのに南吉らしさが薄い。そんな安定感のなさをかきたてるのが赤いサルビヤだ。

横浜から転校して来た美しい少年、太郎左衛門が花の名を知り、久助君は花の名を知らなかった象徴的な花。そんな花であるのに肝心な花の存在感が伝わってこないもどかしさは、名作『おぢいさんのランプ』が頭の隅にあることが原因なのかもしれない。作品『嘘』と『おぢいさんのランプ』の成稿日（作品が完成した日）は二年と違わないのだ。わずか二年という驚きを強く感じられるのは南吉の体調の悪さであろうか。

唯一の南吉自選の童話集『おぢいさんのランプ』は、装丁・挿絵が棟方志功で昭和十七年十月十日に出版された。『嘘』は七篇の二番手にある。『ごん狐』も『手袋を買いに』も作者南吉の視界にはなかったのだろうか。

作品『嘘』は都会の雰囲気を持つ美しい少年、太郎左衛門が嘘をつくことから付けられている。嘘をつくことで自分に注視させる寂しい少年の影を描く。「小さな赤黒いさびしげな花」はその後、太郎左衛門が引き起こす不穏な事件を見事に暗示している。

澤田喜久子

植物解説 サルビヤ

サルビアのことで、ブラジル原産、観賞用として花壇に植えられる一年草である。安城市では昭和四十七年「市の花」に決められてから、小中学校で花壇コンクールの花として多く使われている。現在は、公園、町内会、子供会の花壇など、いたるところで見られる。

もとは、花の色から日本名を緋衣草といった。今では花壇の代表的な花で、園芸種として、赤色だけでなく白色、紫色などもあり、夏から秋にかけて枝先に唇形花を輪生させる。多くの人たちが世話をしたり、観賞したりしてよく知っている草であるが、意外と知らないことがある。それは、サルビアはしそ科なので茎が四角形ということである。（稲垣）

薔薇

講堂にピアノ鳴りやみ秋の薔薇

けどほさやピアノのとゞく秋の薔薇

〈俳句〉校定全集第八巻

ピアノは、私が愛知県立安城高等学校に入学した昭和三十四年当時、高校の前身であった安城高等女学校時代から活用されていた古い講堂の壇上にあった。

講堂は間もなく新校舎建設のために取り壊された。

平成二十三年三月、高校で二年間担任であった恩師から突然電話をいただいた。「新美南吉が女学校の教師だった頃のグランドピアノが家にあるが…。ただずいぶん傷んでいるよ」とのこと。講堂が取り壊された時払い下げられたという。

ピアノは何年も前から無人となっていた先生の実家の納屋にあった。愛妻家の先生はピアノを弾かれる奥様のためにいつか役立つかもしれないと思われたようだ。奥様は「安城高校の生徒であった時、予選会の折りソロで弾いたことがあり、また実家を訪れた際にも、何回か弾いたことがある」と言われた。

平成二十五年六月、先生は病で亡くなられた。

南吉生誕百年の年、安城市がピアノを譲り受けて平成二十七年九月、栃木県の小野工房で修復された。

十一月にお披露目のコンサートが安城市歴史博物館で開かれた。セレモニーが終わり、観客が帰り始めた時、奥様は促されて讃美歌の「ゴスペルフォーク」「アメイジング・グレイス」の二曲を弾かれた。

二句の俳句は昭和十三年八月二十一日の作品。夏休み中の静かな学校内にピアノの音が聞こえてきた時、南吉は花壇の薔薇の中にいたのか、薔薇の見える教室にいたか。暑さも峠を越し、もうじき夏休みが終わる。新学期が始まり生徒たちが戻ってくる。そんな南吉の期待を感じる。

「けどほさ」とは「気遠し」といい人気《ひとけ》がないことをいう。

当時の安城高等女学校は中庭に花壇があり、常に生徒たちが管理して花の咲く美しい学校だったという。

澤田喜久子

植物解説 薔薇

薔薇と書くと、高級レストランで卓上の銀の一輪指しに入った真っ赤なビロードのバラを思い浮かべる。また、誕生日にバラの花束をもらえば、甘い香りと気品で心が温かくなり、嬉しくなってくる。バラの花といえば、何かゴージャスな気持ちになる力があると思われる。

しかし、バラの名前は茨からきており、いばらはトゲを意味する言葉である。野生のバラは、ばら科のノイバラで白い小さな花が咲くつる性の植物だ。周囲の植物に寄りかかり、トゲで引っ掛け伸びてゆき、光が多く当たるようにしている。自然界の植物は生きるのに必死であることがわかる。

木性のつる植物の中でトゲがあるものには、イバラの名前がついたものがある。赤い実がきれいなゆり科のサルトリイバラは、猿捕りイバラで、鋭いトゲが猿も引っかかるという意味である。また、まめ科のジャケツイバラは蛇結イバラで、茎がつる性で曲がりくねっており、蛇がとぐろを巻いているようなのでついた名前である。（稲垣）

花

〈その遊《あそ》びにどんな名がついてゐるのか知らない。まだそんな遊《あそ》びを今の子供達《どもたち》が果してするのか、町を歩くとき私は注意《い》して見るがこれまで見た例しがない。〉

〈一體誰《たれ》だらう、あんなあはれ深《ふか》い遊戯《ゆうぎ》を創り出したのは。〉

〈地べたに（中略）盃ほどの穴を掘りその中に採《と》って來た花をいゝ按配《ばい》に入れる。それから穴《あな》に硝子《がら》の破片《は》で蓋《ふた》をし、上に砂《すな》をかむせ地面の他の部分と少しも變らない様に見せかける。〉

〈だがその遊《あそ》びに私達《たち》が持った興味《けうみ》は他の遊びとは違《ちが》ふ。〉

〈専ら興味《けうみ》の中心はかくされた土中の一握の花の美しさにつながつてゐた。〉

『花を埋める』校定全集第三巻

昭和十四年、女学校に赴任して二年目の南吉が少年の日の思い出を物語に綴った。昭和初期、子供たちの身の回りに遊び道具の少なかった時代、彼らの感性は驚くほどの豊かさを発揮して遊びを創り出していった。少しの地面さえあればそこに大広間を仕立てた。花や草をもってご馳走をこしらえた。椿の花を笹に通したり、れんげを編んで首飾りをつくった。そんな子ども時代の思い出をもつ人も多かろう。

さて、この物語に登場する「花を埋める遊び」はまさに南吉が体験した遊びである。地面に掘られたほんの小さな穴に埋められた花。わずかな砂で覆われ、硝子の破片で仕切られたバリアの向こうを南吉は、〈無辺際に大きな世界が凝縮された小さな、小さな別天地〉と表現する。

少年たち（意外にもこの遊びは少年たちがより好んだ）はそこに埋められた花が萎れてしまうことなど想像だにしない。永遠の花の美しさを期待してやまないのだ。ひそかに心を寄せた少女が埋めたはずの花を探す。今日も、明日もそしてその次の日も……。甘酸っぱい少年の日の思い出と小さな穴に埋められたひとにぎりの花。南吉をして〈一体誰だろう、あんなあわれ深い遊戯を創り出したのは〉と言わしめる。

筆者もかつて同じような遊びをした。微かな記憶を手繰り寄せてみる。

水無月のころ、あれはガクアジサイの青みがかった紫のひとひらだったろうか。否、神無月の匂やかな金木犀のつぼみだったろうか。

山田孝子

植物解説 花

一言でいえば、花は植物の生殖器官である。ふつうの花らしい花を例にとって説明すれば、中心にメシベが一個あり、その周りをたくさんのオシベが取り囲んでいる。さらにその周りには、花弁（花びら）とガク（花びらを支える筒）がある。オシベには花粉が、メシベには胚珠が入っており、この二つが結合することで受精が成立し、種子が誕生する。この過程こそ、植物のセックス・メカニズムと言っていい。

花弁は、花粉を運んでくれる蝶や蜂など媒介者を誘うためのもので、色とりどりの色彩で美しく化粧し、時には、虫たちの好みそうな甘い匂いを発散させる。

植物には裸子植物や被子植物、それに胞子で子孫を増やすシダ植物など、様々なグループがあるが、中でも一番種類の多い被子植物の花の基本的な構造と役割は、以上のように、種の繁栄と生存領域の拡大を目指した生殖活動、つまり植物のセックスを司る器官と考えていい。

小学生に植物の話をしていると、「なぜ花は美しいか」と質問されることがある。風媒花なら虫の協力は必要ないが、その他の植物は虫の協力が不可欠と答えることにしている。（堀田）

えにしだ

「この黄色い花は何だらう。」

とまた、誰かがいひました。見ると、よぼよぼ牛の前あしのつめの割れめに、黄色い花が一房はさまつてをりました。

「れんげうの花ともちがふやうだ。この邊ぢやいつかう見ねえ花だなア。」

とひとりがいひました。

「そりや、えにしだの花だ。えにしだはこの邊にやめつたにない。まアづ、南の方へ四里ばかりいくと、ろつかん山のてつぺんにこのえにしだの群がつて咲くところがあるげな。そして、ろつかん山の狐は月のいい晩なんかそのかげで、胡弓《こきゆう》をひくまねなんかしとるげなが。」

と植木職人の安さんがいひました。

『和太郎さんと牛』校定全集第三巻

「和太郎さんと牛」では春の花五つが色彩豊かに描かれる。もえるように咲くつつじの赤、夕影に美しい白の木苺、菜の花の黄色、黄色いれんぎょう、えにしだ。こう並べると何やら花尽しのようだがそれは違う。物語の山場は山の中で牛曳きの和太郎さんが狐にだまされるあたり。

黄色いえにしだの花が狐にだまされた異次元の空間演出に効果を上げ、おとぎの国へ誘われる。酒好きな和太郎さんは酒に酔い、ろっかん山の狐にだまされる。えにしだの黄色一色がつくるそのありさまがあたかも立派な座敷で、畳も襖も天井も黄色一色の場面を作り出してしまっている。そこで耳のぴんと立った太夫が胡弓を弾いている。黄色で埋め尽くされた世界は、おとぎ話の世界に誘うには効果的、狐に化かされたそれが視覚からもわかりやすい。黄色は何よりも明るい。華やかさは極上。そんな黄色の世界で和太郎さんはつかの間の楽しいひと時を過ごしたにちがいないと思いたい。

ところで南吉はなぜ菜の花を使わなかったのか。なぜ菜の花でなく、えにしだだったのか。想像してみて納得した。花の向きが違うのだ。えにしだは放射状に伸びる枝に黄色い花が咲く。それも立体的に咲く。あたかも天井から畳、襖と和太郎さんが黄色のえにしだに取り囲まれた状況を現出させる効果がある。えにしだ以上の花は思い浮かばなかった。

渡邊清貴

植物解説 えにしだ

「えにしだ」は、南吉の童話「和太郎さんと牛」に出てくる。酔っ払った和太郎が、酔っ払った年寄り牛を連れて一晩山をさまよったあげくに家へたどり着くが、どこをどう歩いてきたか覚えていない。和太郎を探し回った村人たちが、牛の爪の割れ目に挟まった花を見て、「この黄色い花は何だろう」と不思議がる。それは「えにしだの花だ」と植木職人の安さんが言った。

エニシダは明治時代に日本に渡来した植物。南ヨーロッパ、北アフリカ、西アジアに囲まれた地中海地方原産のマメ科常緑低木で、高さは二〜四メートル。よく分枝するので箒《ほうき》に使われたりした。名前は二十五属約二百種の仲間の総称だが、日本の庭や公園に植えられるエニシダはヒメエニシダである場合が多い。

今でも一般に知られた存在ではないが、南吉の時代であればなおさら一般の人になじみのある植物ではなかった。村の人がいぶかしがるのは当然だが、さすがは植木職人の安さん、ずばり「えにしだ」と言い当てた。（堀田）

ひがん花

「あゝ、葬式《さうしき》だ。」と、ごんは思《おも》ひました。

「兵《ひやう》十の家《うち》のだれが死《し》んだんだらう。」

お午《ひる》がすぎると、ごんは、村《むら》の墓地《ぼち》へいつて、六地藏《ろくぢざう》さんのかげにかくれてゐました。いゝお天氣《てんき》で、遠《とほ》く向《むか》うにはお城《しろ》の屋根瓦《やねがはら》が光《ひか》つてゐます。墓地《ぼち》には、ひがん花《ばな》が、赤《あか》い布《きれ》のやうにさきつゞいてゐました。と、村《むら》の方《ほう》から、カーン、カーンと鐘《かね》が鳴《な》つて來ました。葬式《さうしき》の出《で》る合圖《あひづ》です。

『ごん狐《ぎつね》』校定全集第三巻

南吉は、自身の作った物語を語って聞かせることを得意とした。じっさいかなりの自信も持っていた。

そんなこともあって、代表作の『ごん狐』をだれよりも早く聞いた果報者は、南吉が代用教員をやっていた半田第二尋常小学校の児童ということになった。雨の日だったという。『ごん狐』と言われて目に浮かぶのは、兵十が撃った煙と赤い彼岸花ではないか。ひがん花は墓地や堤防、畦などに咲く赤い花で葬式花とも言われ忌み嫌われた。

そんな不吉とも見られる毒々しい花が『ごん狐』のなかでどれほどの回数出てくるかといえば、わずか二回の一場面。だがもういちど丁寧に読み直してみると作品全体が赤の彼岸花のイメージを通奏低音のようにひきずっていることに気づかされる。赤い井戸、白い着物、白いかみしも、赤いさつま芋。白も効いている。最後は例の青い煙となるわけだが、青で終わらせない。血の赤が暗示される。

南吉にとっての彼岸花は単に作品のイメージをつくる添え物ではない。彼岸花が咲くとさびしくなる。子守りに出される子がいる。これが南吉の原体験だ。昨日までいた子が何のあいさつもなくいなくなる。当時子守りは大きな百姓に雇われ三河など他国で奉公すること。口べらしの方法だった。

秋の彼岸になるとさびしくなる。それは、南吉が身体で覚えた苦い記憶だったにちがいない。

斎藤卓志

植物解説　ひがん花

中国が原産の帰化植物で、日本には救荒植物《きゅうこうしょくぶつ》として持ち込まれた。地中の鱗茎にアルカロイドを含む有毒植物だが、鱗茎をすりつぶし、何度も水洗いして有毒成分を取り除き、澱粉をとって、飢饉のときの飢えをしのいだという。

曼珠沙華《まんじゅしゃげ》、葬式花、死人花など暗いイメージの異名が多いが、墓地にヒガンバナを植えて、暗いイメージを払拭したかったとも考えられる。

彼岸の九月後半に咲くからこの名があるが、七月に咲いた彼岸花や十月半ばに咲いているのを見たことがある。温暖化の影響か、最近は花の時期が混乱し始めているようだ。

花期のあと一度地上から姿を消すが、十月中旬になると線形の葉をたくさん出し、翌年の四月中旬まで続く。しかし、再び地上から姿を消し、九月に入ると花茎が出てきて、彼岸の頃に燃えるような花を咲かせる。このヒガンバナの再生サイクルを見ていると一度鬼籍に入った人が再生するサイクルに思えて仕方がない。(堀田)

うめ

いしやはもうだめと
いひましたがもういつぺん
よくなりたいと思ひます
ありがと
ありがと
今日はうめが咲いた由

（昭和十八年二月二六日）
〈ハガキ〉校定全集第十二巻

転校していった生徒、高正惇子宛てに南吉が返信として書いたハガキである。「うめが咲いた由」とは、病床の南吉に家人が「庭の梅が咲いた」ことを知らせたのであろうか。

しかし、この時の南吉にはもう起き上がって庭の梅を見る体力はなかった。このハガキの十五日前の二月十一日、二十一回生の岩瀬あや乃からきた見舞状の返信で、岩瀬の質問に答えるべく病床の離れの家のようすを伝えている。

「半田といふところはあなたが想像した通りの町です。でも僕の家は半田の町から田舎へ大分ひつこんだところにあります。僕の家はうしろがお寺、前は庭があつて、小さいやぶがあつて、ひあたりはたいへんよい。はやく庭の梅の木にうぐひすが来て鳴かないかなあと思つてゐます。毎年くるのです。さやうなら、お元気で。」（校定全集未掲載）

南吉の病状を知った巽聖歌は二月末ごろ東京から見舞いに訪れた。南吉とのやりとりは、声が出ず筆談だった。巽聖歌はこの時のことを、

「私は、半田で三泊四日、南吉の看病をした。二キロほど離れた宿屋から、朝出かけて行って夕方戻ってくるのだが、南吉の家にも梅がチラホラ咲いていたし、椿の赤い花もどこかでチラチラしていたようだ」と回想している。

南吉は春が来るのを待ちわびていた。梅は南吉にとって春を知らせる希望の花であっただろう。うぐいすの鳴き声を南吉は聞いただろうか。

三月二十二日、菜の花の咲く頃、南吉は永眠する。二十九歳七カ月。あまりにも若く

惜しまれる命だった。

澤田喜久子

植物解説　うめ

中国原産、ばら科の落葉樹。早春葉が出る前に五弁の花が咲く。香気があり、一輪二輪咲く花や古木に趣があり、盆栽にも使われる。現在では花の観賞や実を食用にするために植えられている。花は白色で一重が通常であるが、今では紅色や八重などたくさんの園芸種がある。

昭和三十年頃、農家の庭には一、二本の梅の木があった。当時の食べ物は、ほとんどが自家製なので、梅干も家で作った。塩っぱかったことを覚えている。

花見といえば、江戸時代以降は桜である。しかし、奈良時代で花といえば梅であり、『万葉集』に出てくる和歌はほとんどウメの花であった。菅原道真が太宰府に左遷される時「東風吹かば　にほいおこせよ　梅の花　主なしとて　春な忘れそ」と詠んだ歌は有名である。そのためか、今でも天満宮には梅の木が多く植えられている。（稲垣）

第2章——木

木蓮

ごく些細な用件なので、この際我慢してゐたいのですが、それを我慢してゐてはどうしても筆がすゝまない。仕方がないから用を足しに、例へば小便をしに出てゆきます。僕の借りてゐる、この豪農の離家《はなれ》には便所がなく、廊下から庭へ下り、庭をつっきつて五六間いった所に、一本の木蓮があり、その木の下に母屋と共通のW・C・が

『ヘボ詩人疲れたり』校定全集第七巻

短大で児童文学者・原昌のゼミに入り児童文学を学んだ私は、とくに新美南吉に興味をもった。南吉が下宿していた家に嫁いだのはとても不思議な縁を感じる。結婚式の間近まで南吉に下宿を貸していた大見坂四郎が夫となる博昭の祖々父と知らなかったのだ。

作品は昭和十五年の南吉の日記に「三月二十七日に半田を出て一日に帰った」との東京行の記述があることから、春休みを利用して東京へ出かけたことを元にしたと思われる。田舎の女学校で教師になった自分と、出版社に勤めながら同人誌を計画している友

人を比較し、自分をヘボ詩人と卑下する。しかし作品を書く努力は欠かさないことも書く。ところが残念ながら作品は途中で終わっている。原稿が欠落しているのだ。下宿の様子は、その原稿の終わりの部分に少し出ている。

「一本の木蓮の下に母屋と共通のW・C」とある。しかし実際にあったのは白木蓮であったと姑から聞いた。昭和十四年南吉は門長屋（長屋門ともいう）に住んでいた。門の大扉はいつも閉まっていた。小さなくぐり戸を使って入ると、瓦屋根の井戸屋形が目に入る。その東に白木蓮とW・C、北には母屋の玄関が、西には竹を編んだ塀で目隠しされた庭があった。八畳間に家具はなく、北と西にある廊下の雨戸を開けると庭が見渡せた。石灯籠、いくつかの庭石、もみじ、ドウダンツツジ、キンモクセイ、ツツジ、サルスベリ、槇があった。庭らしい庭であったらしい。数ある木々の中で一番に春を感じて咲く白木蓮は家族だけでなく南吉の気持ちも明るくしてくれたのではないだろうか。

大見まゆみ

植物解説　木蓮

中国原産の落葉性低木で、高さ三〜四メートル、多くは公園や庭園に植えられる。

葉は比較的大きく、倒卵形〜広倒卵形、長さ八〜十八センチメートル、幅四〜十センチメートル、基部はくさび形に細まり、先は鈍形で頂端は突出、やや厚く、裏面の脈上に細毛がある。

葉柄は長さ一〜一・五センチメートル。花は四月、葉に先立って開き、葉の展開に伴って咲き続け、ふつう全開せず、狭鐘形、長さ十センチメートル。花弁は六枚で倒卵状長楕円形、紅紫色。

これによく似た木で、花弁が白色のハクモクレンがある。花被《かひ》片はほぼ同形同大だが、モクレン白《ハク》モクレンに対し、紫《シ》モクレンと呼ぶ人もいる）の方は、花被《かひ》片の外側三枚が小さく、花弁が紅紫色である。（堀田）

槇

文六ちゃんの屋敷の外圍ひになつてゐる槇の生垣のところに來ました。背戸口の方の小さい木戸をあけて中にはいりながら、文六ちゃんは、じぶんの小さい影法師を見てふと、ある心配を感じました。

『狐』校定全集第二巻

作品『狐』は、南吉が体調を崩し、苦しいなかで書かれたものである。夜新しい下駄をおろしたため、狐に憑かれたのではないかと心配する文六ちゃんとそのお母さんのやり取りが母親の愛情を強く感じさせる作品だ。

ここで取り上げる槇の木は生垣として出てくるだけである。南吉の作品には槇の生垣が多く登場する。現在でも半田や安城、とくに下宿をしていた新田町で目にすることが多い。下宿先（大見家）は瓦が乗った塀で囲まれていたが、庭には槇の木が数本あった。当主である坂四郎の趣味で形が変わった石灯籠が三基、庭石が数個あり、近所の子供達もめったに入ることのない庭だったという。庭は南吉の八畳間からも廊下の雨戸さえ開け放せば見渡すことができた。松の木がない庭で、もみじやドウダンツツジが紅葉すると青々した槙とのコントラストが見事であったという。

坂四郎の孫、敬は南吉が担任した女学生（昭和十三年入学）と同じ年にあたる。その敬が大人になり農業を始めた時、庭木や庭石が農作業の邪魔になり、何本かの槙が近くの家へもらわれていった。（敬はこのときのことを〝嫁にやった〟と言っていたが）母屋近くにあった一本だけが残った。その一本は槙の両側にもみじがあったせいで細く小さかった。年がゆくうちにもみじが枯れ槙だけになる。すると今度は槙が成長しだし母屋の屋根を覆うほどになる。

平成二十五年、敬の息子博昭が南吉の下宿部屋を復元した。南吉と同じ時を過ごしてきた槙はいまも存在感を見せている。

大見まゆみ

植物解説　槇

南吉が「槇」としたのは、たぶんイヌマキのことだろう。確かに、この地方の生垣によくイヌマキが使われる。むろん、生垣以外にも、幹の太い庭木のイヌマキを見るし、剪定されて、よく形が整った、美しい姿の庭木も多く見かける。

イヌマキはマキ科のマキ属で、日本に二種があり、一つがナギ、もう一つがこのイヌマキである。

常緑の高木で約二十メートル、直径は約五十センチメートル。樹皮は灰白色で、浅く縦裂し、薄片にはがれる。葉は広線形～長楕円状線形、長さ十～二十センチメートル、幅七～十ミリメートル。葉の表面は深緑色、裏面は帯黄緑色。雌雄異株で花期は五～六月。関東以西の主として太平洋側、四国、九州の海岸に近い山地に生育する。

夏から秋にかけて雌木に赤みを帯びた実ができ、子供たちが摘み取って食べることがある。本種によく似た中国産のラカンマキがあり、イヌマキと一緒に植えている生垣も少なくない。（堀田）

桑

今度は氏神の裏の桑畑の傾斜らしい。木之助が二十三、お京が十七だつた頃、そこに二人の家の桑畑は隣合つてゐたので、二人はそこでよく一しよに半日働いた。お京は低い柔かい美しい聲で、恰度ねかかつた赤ん坊の搖籃がすぐそばにあるかのやうに靜かに歌をうたつた。そして桑の葉を摘んだものだつた。木之助はその頃まだ初心だつたのでお京の名を呼ぶことが出來なくて、いつもこんな風に話しかけるのだつた。

「くそ、今日は烏鳴きが悪いなあ。」

〈無題〉『北側の』校定全集第六巻

この物語には、老人になった木之助と、十年前に死別した伴侶「お京」、そして、村人たちから愛され信頼されている佐七が登場している。

若い頃の木之助と「お京」を繫いでいたのはふたりの家につながる「桑畑」であり、そこには二人で働いた多くの思い出が残っていた。

今は見ることがほとんどない桑畑だが、この作品が生まれた当時から昭和三十年代くらいまで、南吉のふるさとである知多半島に限らず日本の各地では、桑畑とともに生きている人々の姿がよく見られた。

実際、わたしは幼い頃、親類の家の桑畑と、桑を食む「お蚕さん」たちを見たことがある。卵から孵化させ幼虫になるまでは一緒の部屋で寝起きし、大きくなると屋根裏部屋で飼われていたことからも、「お蚕さん」たちは人々の身近な存在であり、「お蚕さん」が食べる「桑」も身近に感じている木だったのだろう。

南吉作品には「桑」が登場する作品が十点前後あることからも、このことがうかがえる。

そして物語は、六十四歳になった身寄りのない木之助が自分の財産を残すにふさわしい人、二人を決める話として終わっている。その決め手は「木之助の魂にふれて来る」ことという一点だった。選ばれたのは後家のお菊と佐七だった。

お菊がどのような人物かは、ただ佐七の着物の洗濯とか髪を刈ってやることを喜びとするとしかわからない。一方、佐七は自分の「小さい世界」を持っていた、と南吉は書いている。そのなかで「法悦にひたっている」佐七だった。南吉は自分がこのような世界を求めていることを描こうとしたのかもしれない。

杉浦正敏

植物解説 桑

クワの葉は蚕の餌として、畑や山地に植えられた落葉樹である。戦前までは安城でも栽培されていた。戦後、女性の靴下が生糸製からナイロン製に変わり、一気に養蚕が減り、安城ではクワの栽培もなくなった。

クワというと、お蚕さんの大切な餌であること、夏の終わりに黒く熟した実が食べられること、それを食べて口の周りや手、シャツなどをクワの実の汁で汚して、親によく叱られたと聞いていた。しかし残念ながら私が子どもの頃には、近くにクワの畑はなかったので、実を食べた経験はない。

当時の子どもたちは、ナワシロイチゴやグミ、ユスラ、ヤマモモ、マキの実など、食べられる木の実の場所はよく覚えていて、他人に食べられる前に取りにいったものである。

（稲垣）

欅

てえちやは、その店《みせ》の前《まへ》へさしかかると、ここでところてんを喰《た》べてゆきませうと云《い》つた。（中略）
二人はところてんを喰《た》べ始《はじ》める。欅《けやき》の若葉《わかば》の下《した》で、緑《みどり》のうつつてるやうなところてんを啜《す》ることは大層《たいそう》よい。酢《す》と醬油《しやうゆ》でつくられたしたじを咽喉《のど》へ通《とほ》してやるたびに、蓮藏君《れんざうくん》はうつとりする。

『錢《ぜに》』校定全集第三巻

――「錢」が婦女界十二月号に発表される。日新堂で、「文藝」を買ひ、「婦女界」はあるかきいたら、もう売りきれましたといふ――

南吉はこのように日記に記し、筋向かいの博文堂にて『婦女界』に出会った。『錢』が載っていた。

――よかつたと思つた――

ついに、雑誌の『新児童文化』の『川』と共に全国誌に載り新聞広告にまで名前が出たのだ。このあと『良寛物語 手毬と鉢の子』の発刊が続くことになる。こんな作品『錢』（昭和十五年）のなかの一場面を切り取ってみた。

「てえちゃ」のほんとうの名前は「輝」さんと言う。蓮蔵君よりいくつ年上だろうか。お百姓さんの娘「てえちゃ」は蓮蔵君の子守をしてくれたもう一人のお母さんであり、勉強はできぬが素朴で心美しく、蓮蔵君の心のなかに住み続けたお姉さんでもあった。ここに引用したのは、こんな二人が「ところてん」を食べている場面である。

「緑のうつつている……」とは、欅の若葉のすきまからもれ落ちた、いく筋かの光たちが、透明感あるところてんに緑の色を与え、色彩感覚あふれる表現になっている。幹が直立し、枝を空に向けて広げている「欅」という文字は樹の姿を表しているようだ。

南吉を世に送り出すことに後半生をかけた、童謡「たき火」の作詞で有名な巽聖歌。そのふる里は岩手県紫波町という「欅」を町の木にしている農業のまちと聞いている。南吉が童話作家の夢をかなえたまち、安城高等女学校があった「安城」もかつては農業のまちでもあった。

杉浦正敏

植物解説　欅

　ケヤキは山地に生える、にれ科の落葉高木で神社や公園などに植えられる。また、街路樹にも多く、仙台の並木は有名である。

　春の黄緑色の若葉、夏の暑さを防ぐ緑陰、秋の黄葉、そして冬空に突き刺さるような細枝の風景、と一年中楽しめる。しかし、この頃街路樹や駅前広場に植えられたケヤキは太い枝も切ってしまうので、なんとも惨めな姿である。やはりケヤキは細い枝まで順番に伸び、竹箒のようにすくっと天に向かって伸びているのがいい。（稲垣）

遠樹

こら去りて
そこらにあまる
春陽かな

別れては
黄梅の花の
ちりやすき

春晝の
遠樹のうれの
またひかり

麥の芽の
綠きにけふは
わかれけり

三月十七日

正八

〈書簡〉高正宛の封書　校定全集十二巻

南吉が見てくれより古風だと感じさせるのは、その体験値によるのかもしれない。

昭和十七年三月十七日、安城の女学校で卒業式があった。南吉が持ち上がりで四年間教えた生徒が卒業した。南吉がこの日にやったことは、卒業生にたのまれて色紙を書いたこと、『遣唐船ものがたり』の二六〇頁に「昭和一七年三月一七日　杉浦さちどもの卒業した日」と鉛筆で備忘録のような書きこみをしたこと、「こら去りて」一篇を作り一年前に転校した高正惇子に送ったことだった。

詩の三連にみえる「遠樹」は「槐《えんじゅ》」の当て字だろう。ひと文字で「えんじゅ」と読む。南吉が回覧雑誌「風媒花」の同人高麗弥助の自宅を訪ね、その庭にあった槐を見たときの南吉の言葉を高麗が書いてくれている。

「僕、槐は好きだな、雷が落ちないから」

槐が特別な木であることをどこで知ったのだろうか。山形県の尾花沢では「魔除けの木」とされ茶托などに加工される。

南吉の両親もゲンかつぎでは負けない。母親志んは、ふくろうが一声なけば蚊を三升吐き出すと言うし、父親の多蔵も、月の七日に旅立つとも帰るまいぞや九日に、と譲らない。南吉もクラスの生徒逝去に際し学報に手向けのイッポンバナを描いた。

卒業式の南吉は表面的には、さびしいとも、かなしいとも言っていない。だが槐の木が魔除けを意味することを知る者には「遠樹」の文字にたくした南吉の心が伝わるのではないか。

斎藤卓志

植物解説　遠樹

「遠樹」は、「槐」の当て字。南吉は、この樹が好きだったらしい。理由は「雷が落ちないから」と言うが、雷が落ちないかどうかはともかく、彼の心の片隅には、昔からの言い伝えが残っていたらしい。

中国の本を読むと槐が頻繁に出てくる。それもそのはず、中国では神聖木とされ、学問と権威のシンボルであり、出世の縁起を担いで各地に植えられた。中国原産のマメ科エンジュ属の落葉高木で、高さは二十メートルに達する。葉は奇数羽状複葉で、小葉は互生してつく。古くから日本に伝わり、庭木、公園などに植栽され、排気ガスにも強いことから街路樹としても植栽される。七〜八月、枝先から円錐花序を伸ばし、多数の白い蝶形の小花を咲かせるが、これを蜜源としてミツバチや蝶が集まる。これに似て枝に刺があるハリエンジュ（別名ニセアカシア）も南吉が住んだ西三河に多い。北米原産で明治の初期に渡来したが、南吉の「遠樹」がどちらを指すかは定かでない。（堀田）

花のき

かうして五人の盗人《ぬすびと》は、改心したのでしたが、そのもとになつたあの子供はいつたい誰だつたのでせう。

花のき村の人々は、村を盗人の難から救つてくれた、その子供を探して見たのですが、けつきよくわからなくて、つひには、かういふことにきまりました、

——それは、土橋のたもとにむかしからある小さい地蔵《ぢざう》さんだらう。草鞋《わらぢ》をはいてゐたといふのがしようこである。

『花のき村と盗人たち』校定全集第三巻

南吉が安城にいた頃には花ノ木観音があり、この境内にあったという地蔵菩薩が今もある。*

この小さなお地蔵さんは、今の「村人たち」が置いた帽子をかぶり両手を合わせている。南吉が物語の舞台にしたかもしれない花ノ木町（愛知県安城市）の由来の看板はど

のようになっているだろうか。
「一七八九（天明八）年、安城ヶ原の細田と大山田の間に『花ノ木田』という名の小さな田が開かれた。そこはハナノキの自生地で、春は濃紅色の花、秋は紅葉の美しいところだった。一八九一（明治二十四）年に安城駅が開設されると、一本の野道の両側に家が建ち、商店が軒を並べ街が作られ『花ノ木通り』と呼ばれ人情豊かな町になった」（花ノ木町内会の看板より）

この作品は、花のき村を訪れた盗人五人組の物語である。見習い盗人の帰りを待っている「おかしら」は、男の子から仔牛を預かったが、いつまで待っても子どもは戻ってこない。そのうちに村人たちから歓待されて「おかしら」は罪を語り善人になってしまった。このきっかけをつくった男の子は、昔からの小さなお地蔵さんが姿を変えて現れたのではないのか、という物語である。

南吉の作品では、植物を人名にすることが多い。「松さん」「竹ちゃん」「梅十さ」などだ。「村」につけられた「花のき」は、人名以外に使われた例外になっている。こんなところにも、南吉の植物好きな姿が垣間見えてくるのではないだろうか。

＊現在の位置とは異なった場所にあった。

杉浦正敏

植物解説　花のき

ハナノキはかえで科の落葉高木で、早春の赤い花と秋の紅葉がきれいなのでハナカエデともいう。三月下旬、葉が出る前に咲く花が真っ赤できれいなところから、「花の木」の名前がつけられた。しかし一つ一つの花は小さく枝先に集まって咲くので、見逃されてしまうことが多い。雌雄異株のため、雄花と雌花で花の様子が違っている。

自生地は木曽川流域だけなので「愛知県の木」になっている。そのため、今では学校や公園、神社など多くの場所にも植えられている。ぜひ春の花と秋の紅葉を楽しんでほしい。また、明治用水ができる前の安城では、ため池の縁にハナノキがあったようで、安城八景にも「花木野趣」の句碑がある。（稲垣）

椿

山の中の道のかたはらに、椿の若木がありました。牛曳きの利助さんは、それに牛をつなぎました。

人力曳きの海蔵さんも、椿の根本へ人力車をおきました。（中略）

「やいやい、この牛はだれの牛だ。」

と、地主は二人をみると、どなりつけました。その牛は利助さんの牛でありました。

「わしの牛だがのイ」

「てめえの牛？　これを見よ。椿の葉をみんな喰つてすつかり坊主にしてしまつたに」

二人が、牛をつないだ椿の木を見ると、それは自轉車をもつた地主がいつたとほりでありました。

『牛をつないだ椿の木』校定全集第二巻

椿に牛をつないだ。そんななんでもないことが物語の発端になる。原因がなければ何も起こらない。

「牛をつないだ椿の木」というタイトルそのままのメモが南吉の日記に書かれたのは昭和十七年四月三日、作品の完成が同年五月十九日だから、構想から一カ月半と言いたいところだが断定はできない。むしろタイトルがメモとしてさりげなく書かれた時が構想が成ったときのようにも思われるからだ。

季節は春蝉が鳴く初夏、海蔵さんの家の背戸にある柊の木に蜂が巣をかけでもするつもりか蜂の飛ぶようすも描かれている。鋭い刺のある柊では牛も葉を食べることはなかっただろう。しかし、利助が地主から酷く叱られたことから、道ばたに井戸を掘ることが皆の喉の渇きを癒すのに都合がよいこと、井戸を掘る費用が高いことを物語のなかでわかりやすく教えている。牛曳きの利助さんがひどく叱責される場面からこの物語は佳境に入っていく。

春蝉は松林に多く生息するといわれるので、周辺には松が多くあるようすが窺われる。しかし、さすがに松の葉は牛が好んで食べるようには思えない。

椿の木は、葉が年中あおく花も咲き、読者の好感度も高いと考えられる。

椿は、葉が強いことで「強葉木《つばき》」から転じたともいわれるそうであるが、その若葉を食べられたことは面白い光景である。

ところで、椿の花言葉は「敬愛、完璧」である。利助のおこないを称賛する意図が隠されていると考えれば、椿の必然性がうなずける。

渡邊清貴

植物解説 椿

ツバキは海岸近くの丘陵地に多く、伊豆大島の椿は有名である。葉は楕円形で厚く、表面はつやがあり、厚葉木《あつばき》が名前の由来ともいわれる。寺や家の庭木、神社や屋敷の裏などに多くあり、赤い花のヤブツバキが普通であった。現在では園芸種が多く、花は赤色だけでなく、白、ピンク、斑、絞り、一重、八重など種類が豊富である。

春の初めに花が咲き、メジロが花をつつく。子どもの頃、花を取って基のところを舐めてみると、わずかに甘い蜜の味がしたことを覚えている。また、種を拾ってきて殻を取り、障子や唐紙の敷居の溝に塗ると、戸がよく動くようになり喜ばれたものである。しかし、時々学校の廊下にこの種の油を塗ってつるつるにしてしまい、危ないからとしかられたこともあった。（稲垣）

ねむの木

からすホイホイ
何處へ行く

お山は高かろ
飛び越えろ
お山の向ふにや何がある
芒がユラユラ
ゆれてるか
ねむの木ネンネン
ねてゐるか

落花生があつたなら
とつて來い
一服やつて
忘れるな

からすホイホイ
飛んで行け

〈詩〉「からす」校定全集第八巻

「三河国《みかわのくに》、ここにはじまる」と言われる三河最古の桜井古墳群（現・安城市、旧・碧海郡桜井町）。そこに沿って流れる自宅近くの川の両岸には、「ねむの木」が群生していたと記憶している。自宅の隣まで海の時代もあり、かつては沖積低地に接していたようだ。今でも、からすは庭や田畑に遊び、夕暮れになると神社や古墳の森へと、ねぐらを求めて飛んでいく。

また「ねむの木」が生えていた川岸からは広く山々が連なっているのが見える。からすは芒の生い茂る一級河川、矢作川を越えて、遠くにかすむお山を飛び越えて行ったかもしれない。このような環境に置かれると、この詩がここで詠まれたという錯覚を覚える。

これは南吉十六歳、旧制中学三年の時の詩である。南吉の健康には別段の問題がない頃であった。

「ねむの木」は、日本では古くから人里近くで見ることができた。その三分の一の歌が植物をよむ『万葉集』にも「昼は咲き夜は恋ひ寝る合歓木の花　君のみ見めや戯奴さへに見よ」とある。各地の民俗にも縁深い。

南吉の作品には、身近なところで目に触れ生育している植物が多く登場する。後年、南吉が教師として赴任した安城高女にも、この「ねむの木」があった。「大きな合歓の木が五、六本ありました。春から夏に移る頃、咲き出すうす桃色のはかなげな花……」と記憶している女生徒がいた。

＊現在の西三河地方を主に指している。

杉浦正敏

植物解説　ねむの木

ネムノキはまめ科の落葉高木で、山野や川岸などに生え、公園にも植えられている。葉は二回羽状複葉、小葉は一センチくらいで四十枚前後あり、それが八対ほどもある。そこで一枚の複葉は小葉が六百四十枚にもなる。夜になるとそれが閉じて垂れ下がる。その様子から「眠の木」の名前がつけられた。

夏の夕暮れどき、枝先にうすいピンク色の花が咲く。咲くといっても花びらはなく、小さな筒状で、私たちの目に見えるものは、ほとんど花糸（雄しべ）である。それが数十本ほど集まって、半円球の形になっている。まめ科なので秋にはエンドウのような鞘のある実がなる。（稲垣）

椰子

「今まで、お母さんは人間を種々の鳥獣に變へる法を教へて下さいましたが、まだ、魔法を解くことを教へて呉れません。どうか教へて下さい。」と頼みました。

「では、教へませう。」と魔女は云ひましたが、もう息も切れぐ〵で、聲は蚊の様です。

「お母さん、はつきり云つて下さい！」

巨男は、魔女の口元へ耳をもつて行きました。

「その鳥獣が、涙を流せば、元の姿にかへるよ……」これだけ云ふと、魔女は、頭を垂れて死んで了ひましたよ。

巨男は、死んだ魔女を白い棺に収めて、椰子の木の根元に埋めました。

『巨男の話』校定全集第二巻

人間を種々の鳥獣に変えてしまう恐ろしい魔女を母に持つ巨男《おおおとこ》は、美しい心を持つ男として育った。その魔女の住む森で迷った美しい王女が、魔女である母親の魔法にかけられ白鳥にされる。白鳥を元の王女に戻すには白鳥が涙を流す以外に方法がないという物語。

都に上った巨男と白鳥の二人を待っていたのは、巨男を疎み殺そうとする者たちだった。王様に対し、椰子の木ほどの背丈がある巨男に、大理石の塔の建物を造らせる策略がくわだてられ、巨男はそれに従う。都で昼夜塔の建造に従う巨男の姿を見た者は皆、都の人々、王様のべつなく、憐れに思うようになっていった。巨男は白鳥がどうしたら涙を流すのか考えつづけた。

巨男は自分が死ねば白鳥が涙を流すだろうと、塔の上から身を投げる。

『巨男の話』と『権狐』が同じ一九三一年の創作であることは意外なほど知られていない。「巨男の話」が一九三一年の六月、『権狐』が同年十月なのである。南吉の誕生日が七月三十日なので誕生日をまたいで両作品が存在することになる。十七歳と十八歳の作品である。わずか四カ月のひらきしかない二作品がともに人間でない異類と自己犠牲というモチーフでつながっているのは南吉を考えるうえからも興味深い。

椰子の背丈ほどの巨男の母親の埋葬場所を、椰子の木の根元こそ相応しいと決めた作者南吉も、巨男に劣らぬ、やさしさとユーモアの心を持っていたようだ。

渡邊清貴

植物解説　椰子

ヤシは熱帯地方で育つ常緑高木のココヤシのことで、海岸の砂地に生える。幹の高さは二十メートル以上もあり、太さは一メートル前後で幹の途中に枝はなく、電柱のような形である。上部にある葉は長さ五メートルもある羽状複葉で、細長い小葉が多数ある。ヤシの実は大きくラグビーボールのような形で、多数ぶら下がって着いている。皮は堅い繊維質で、中にココナッツミルクがある。日本では沖縄や小笠原で実る。

ヤシの実で思い出すのは、若い頃渥美半島で「名も知らぬ遠き島より流れ寄る椰子の実一つ…」と、島崎藤村の詩が書かれている石碑を見たことである。ヤシの実の強さ、黒潮海流のすごさに思いを馳せた。（稲垣）

マツ

キヘイサンハ　ナニヨリ　マツノ　キノ　スキナ　オヂイサンダ、マイニチ、アチラノ　ソラヤ　コチラノ　ソラニ　タカク　ミエル　マツバカリ　ミテ　ヰタ、コトニキヘイヂイサンハ　ムラノ　マンナカノ　オイシヤサントコノ　タカイ　マツガスキダツタ、オレガ　コドモノ　トキカラ　アノ　マツハ　オレト　ナジミダツタトオヂイサンハ　ヨク　イツタ、

『マツノ　スキナ　オヂイサンノ　ハナシ』校定全集第十巻

まつとなじみなのは、きへいじいさんより作者南吉、また、まつは村のまんなかにというのだから村のみんなが見ていたまつになる。そのまつが伐られて花火の筒になる。まつのすきな、きへいじいさんは……というおはなし。

巨木や大岩を信仰の対象にする例は少なくない。大きな樹木はそれだけで生命を感じ

させられる。きへいじいさんならずとも、切られるということは単に樹木としてのまつが伐られるという以上の何かを感じさせる。切られるにしろ枯れるにしろ、いのちがなくなることに変わりはない。

もし松の木がなかったら……こう私におしえてくれたのはコラムニストの近藤勝重さんが書いた新書だった。臨床心理学の第一人者河合隼雄氏の『対話する人間』を引用されていた。かいつまんでいうと、いつものところにいつもの風景があるその当り前が人間にとって――というはなし。

氏は、すまし顔で次のようにいっている。

あまり気がついておられないかも知れませんけれども、松の木が一本はえてるというだけでもたいしたことでしてね、いつも通る道に同じ松の木があるなんていうことは実はすごいことなんですねえ。やっぱり僕という存在を支えてくれる。

これだけの文章で松を見る目が変わる。

斎藤卓志

植物解説　マツ

クロマツ（黒松）のことで、葉は針のように細く先がとがっている。二本ずつが対になり枝先に多数ついている。海岸地方や山地に多く、庭や神社、公園などにも植えられている。南吉が安城にいた頃、安城高等女学校の隣り（現在の安城公園）には松林があり、新田の下宿先から通る北明治の稲荷神社にも松はあった。東海道の松並木の松も見たことであろう。

松は日本を代表する樹木の一つで、古来より長寿を象徴するものとして尊ばれてきた。正月の門松や松竹梅の飾りは、その最たるものである。また、能の舞台にある鏡板には「老松」が描かれる。京都二条城二の丸御殿の襖絵にも松が描かれ、将軍の威厳を示している。（稲垣）

柊と橘

みちばたの土手の上に、柊《ひひらぎ》の木が一本植わつてゐました。その木の下に、年とつた、みすぼらしい坊さんがやすんでゐました。

秋も深くなつて、ひざかりでも、ものの陰《かげ》にゐると寒い頃でした。ちぢかめてゐる坊さんのひざの上に、柊の花がほろほろとこぼれて米粒のやうに見えました。

『鳥右ヱ門諸國をめぐる』校定全集第三巻

中世武士の館を舞台に主従の確執と人間の残酷を書いた作品。南吉の心の中にある酷薄さがほの見えるストーリーでもある。その伏線にあるのは昭和八年に出版された谷崎潤一郎の『春琴抄』であり、同年に佐佐木信綱校訂で出された『梁塵秘抄』があるように感ぜられる。南吉の性格の負けぎらい、容赦のなさがとことん出た作品としても読むことができる。

もうひとつ別の読み方としては主人公である館の主、鳥右ヱ門とその館のしもべ平次とを包む空気感がどのようにつくられるか。いささかの不自然さも感じさせない達成を読みとるのも一興かもしれない。残念なのは南吉作品を過不足なく収録することで定評のある『新美南吉童話集』（岩波文庫）からもれていることである。

作品に要石《かなめいし》のように据えられているのが、柊と橘である。柊は秋に白い花を付け、橘は春五月に黄色の花を付ける。南吉は一章の終わりに黄色の橘を配し、八章で柊の白い花をほろほろとこぼしてみせた。人間一生をどう生きるかの説教こそないが、南吉その人は鳥右ヱ門に自身の一生を重ねていたのかもしれない。木の下にやすんでいる、年とった、みすぼらしい坊さんこそ、残り時間を知る南吉なのかも。

かりそめということがない時間を生きた南吉の掉尾の作品が『鳥右ヱ門諸國をめぐる』である。南吉二十八歳。

斎藤卓志

植物解説　柊と橘

　ヒイラギは、もくせい科の常緑樹で山地に生える。ツバキのような厚手の葉で、縁は刺状の粗い鋸歯のようになっている。そのため、二月三日の節分には、鬼が家の中に入ってこないように、玄関にヒイラギの枝と鰯の頭をつけておく風習もあった。また、もくせいの仲間なので、十一月下旬に咲く白い小花は、キンモクセイに似て香りもよい。

　葉の縁が鋸歯になっている植物には、ヒイラギの名前がついたヒイラギモクセイ、ヒイラギナンテン、セイヨウヒイラギなどがある。

　タチバナは、みかん科の常緑樹で枝に刺がある。六月頃に白い五弁の花が咲き、よい香りがする。この実は、ミカンより平べったく、冬に黄色に色づくが、酸っぱくて食べられない。橘といえば、京都御所の紫宸殿にある「右近の橘」を思いつく。（稲垣）

棕梠の木

彼奴等は金持ちだから貧乏人の新達一家を見下げてゐたのだ。貧乏といふことは、金持の奴等から侮辱されることだ！　かういふ氣持は新の心に判然《はつきり》した形態をとらないで莫然と盛りあがつた。ふりかへつて見る白い漆喰の塀が、その上から覗いてゐる棕梠の木が、棕梠の木の向ふに見える二つの倉の棟が、倉の棟と向ひあつた大きな母屋の屋根が、その屋根の下にゐる音右ヱ門と音治の母と、音治と那都子のイメージまで新の胸に浮びあがつて、新を指さしながら、

「貧乏人の子、貧乏人の卑しい子、」と聲を揃へていつてゐるやうに思へる。

『塀』校定全集第五巻

おおみそか寺々の鐘を打つのが多く棕梠の木で作られる撞木である。棕梠箒は棕梠の幹をおおう繊維で作る。以前はその繊維を集めに専門の業者が家々を廻って来ていた。

南吉と鐘と言ってすぐ思い出されるのは『ごんごろ鐘』、鐘を寄進と言えば、『鳥右ヱ

門諸國をめぐる』が思われる。また、南吉の最初の出版が良寛を書いた『良寛物語　手毬と鉢の子』であったように、南吉と鐘あるいは僧は縁が深い。

『塀』という題がついたこの作品は、昭和九年の創作。東京外語二年の二十歳。ここで棕梠の木は金持ちの屋敷を代表する木として、その動かない象徴的な木として出てくる。金持ちであるかないかは、屋敷に棕梠があるかどうかだと。南吉をめぐる植物でこれほど象徴的に使われる植物は少ない。南吉の家がどうであったかはべつにして、南吉その人がどちら側にいた人かを知る作品としても大切な作品である。

本作品は、南吉を単にやさしい男、ロマンチックな男と見る向きには異色で過剰、やりきれなさを残すだろうが、またこうでなければ、もの書きを志しもしないと読めば面白くもある。

棕梠は、昭和十七年五月十八日の日記ではこう描かれる。

　棕梠はその柱のやうな幹のてつぺんに黄色い、西洋菓子のやうな花をむらがらせる。

ここには、棕梠を棕梠と見る教師南吉がいる。

斎藤卓志

植物解説　棕梠の木

シュロは、やし科の常緑高木で、日本原産のワジュロと中国原産のトウジュロがある。昭和三十年代、安城の農家の屋敷には大抵シュロの木が植えてあった。幹の頂上から出ている葉は、細く裂いて七夕の短冊を竹に縛るひも代わりに使用した。また、葉柄と葉の付け根を丸く切りそろえ、葉柄を少し削って蝿たたきを作った。その頃は台所に蝿が多く、この道具は重宝した。

やし科なので幹の途中に枝はなく、円柱形の幹が五メートルほどにもなるので、寺の釣鐘を打つ撞木として使われる。幹は褐色の繊維に覆われており、それで作った箒は座敷用で今ではとても高価である。子どもの頃、金魚やメダカの産卵用にこの繊維を水槽に入れていたことを思い出す。（稲垣）

はんの木と柳

道が西の峠にさしかかるあたりに、半田池といふ大きな池がある。春のことでいっぱいたたへた水が、月の下で銀盤のやうにけぶり光つてゐた。池の岸にははんの木や柳が、水の中をのぞくやうなかつこうで立つてゐた。

巳之助は人氣《ひとけ》のないここを選んで來た。

さて巳之助はどうするといふのだらう。

巳之助はランプに火をともした。一つともしては、それを池のふちの木の枝に吊した。小さいのも大きいのも、とりまぜて、木にいつぱい吊した。一本の木で吊しきれないと、そのとなりの木に吊した。かうしてとうとうみんなのランプを三本の木に吊した。

風のない夜で、ランプは一つ一つがしづかにまじろがず、燃え、あたりは晝のやうに明かるくなつた。

『おぢいさんのランプ』校定全集第二巻

新美南吉の代表作『おぢいさんのランプ』は、南吉が工房と称した安城新田の下宿で昭和十六年春に書かれた。

作品からは、時代にそって力強く生きていけ、負けるな、という生き方が通奏低音になって聞こえてくる。負けぎらいの南吉らしい積極性に富んだ作品。

丸谷才一の『日本語のために』にその『おぢいさんのランプ』の南吉の原文と教科書版のそれとが並べて紹介されている。原文は原文のまま、教科書版は意味を変えない程度にみじかく加工されたもの。途中で切ったり、つないだり、文章の順番を動かしたり。教科書版を読むと小学生の作文なみになっていた。南吉の文章から血が流れ出ていた。丸谷才一は文章が文章であるための条件、文体の大切さを渾身の力で衝いていた。

本題の、はんの木と柳に入りたい。ただランプを吊り下げるだけなら、どちらかでよさそうである。吊るすだけなら。だが南吉はそうしなかった。はんの木と柳、芽ぶきの美しい二つの木をならべて読者に芽ぶきという春の「気」を見せた。

作品『おぢいさんのランプ』は、南吉のはじめての作品集の書名になった。選んだのは南吉の理解者で編集者の巽聖歌その人である。

追伸のようなことになるが書いておきたい。文中に半田池という実在する池の名が登場するところがほほえましい。南吉のサービス精神である。同様のことは安城の地名花ノ木でもおきている。南吉の感性がひろい上げたのである。

南吉の郷土愛と感性にも敬意を払いたい。

斎藤卓志

植物解説 はんの木

カバノキ科ハンノキ属の落葉樹で高さは大きいもので二十メートル、幹回り六十センチにもなる高木。好んで湿地に生えるが、植林されたものをしばしば見掛けることがある。前年の秋にできていたつぼみは、春早く、葉が伸びるよりも先に開花する特徴をもつ。

雌雄同株で、雄花の尾状花穂の若いものは、前年の秋にはすでに小枝にぶら下がって越年し、雌花の穂は雄花の穂の下部について、紅紫色の小さな花をつける。楕円形で長さ二センチほどの球果がたくさんついてよく目立つが、この球果を昔の人は染料に使ったそうだ。同じ仲間のヤシャブシやオオバヤシャブシにも同様の球果がついてよく目立つ。

北海道から沖縄まで分布するが、愛知県では豊橋や渥美半島一帯に分布するし、知多や常滑、半田、武豊方面の湿地にも点在する。南吉はどこでこの木を見たのだろうか。ひょっとすると安城だったかもしれない。彼が住んだこの地にも、五十年前にはハンノキがあったと、今は亡き畔柳英一さんが『安城の植物』（一九七八）に書いている。（堀田）

植物解説　柳

サクラという名の桜がないように、ヤナギという名の柳はない。柳はヤナギ属を総称する言葉だが、南吉はどういうヤナギをイメージしてこの言葉を使ったのだろうか。

ヤナギの分類は難しい。植物の中で最も難しいグループである。春先の花穂の時期には葉がないし、花穂の終わりに若葉が出るが、細かい観察はまだとても無理。やっと観察ができる初夏以降なら、今度は花穂が見られない。植物の研究者は、早春に花穂を採取した幹へ番号を付したテープを括り付け、初夏が過ぎると番号を頼りにその木を探し、葉のついたシュートを採集する。柳の分類が難しいのはそれだけではない。交雑しやすい種類のせいか、昔から自然雑種が多いことで知られ、日本だけでも五十近くの雑種があっていっそう難しくしている。

河川の岸辺や湿地に生える樹木で、葉が細長く、葉裏が白いというのが一般の認識だろう。これにぴったりくるのが中国原産の、各所に植栽されるシダレヤナギで非常に長く下垂する。安城にも矢作川などに約十種類ほどの柳があるが、南吉がイメージした柳が自生種なら、タチヤナギか、あるいはカワヤナギではないかと思っている。（堀田）

のうぜんかづら

次の家では雨戸がしまってゐて、板塀によぢのぼつたのうぜんかづらがいやに明るく咲いてゐるばかり。又次の家ではお祖父さんが「夕あ吉、もう子供ぢやねえから遊びになんかゆくぢやねえ、もうお前は小學校はすんだんだ」と夕あ吉君に云つてきかせてゐる、で夕あ吉君は出て來ない。こんな風に誰も相手にしてくれなくて、途方に暮れてしまつたが恰度ああいふ有様である、今のこの狀態は。

『山の中』校定全集第七巻

昭和十五年の年は南吉を考える何ものもない年だと思い込んでいた。おおまちがいだった。そのつもりで読まなければ読んだことにならないと、思い知らされた。きっかけは、奥三河の文芸同人誌「こたつばなし」に発表された鈴木真喜生の一連の論考だった。闇に灯がともったような気がした。背中をどつかれて気づいたことは南吉にとっての意味だ。十五年の年譜はガサガサ、書く事のない年だ。だが、作品のない年が意味のない年と言えないどころか大事な年だと気づかされた。

南吉が思い出の中で板塀によじのぼらせたのうぜんかずらの姿は、文学という板塀にとりついた南吉を思わせる。なんにもない年にものぼってゆくのうぜんかずら、もちろん南吉はそんなことは書いていない。めざす作家になるための奥三河塩津温泉への取材旅行があるばかりというのがあられもない事実関係、しかも小説という成果はあげられなかった。野球で言えば負け試合、完敗である。にもかかわらず未完の作品「山の中」を読もうとするのは、書けた南吉を見ようとするのでなく、書けなかった日の南吉をこの目で見たいためである。南吉も言葉ひとつに苦しんだ卵の時代があったのだと思いたい。

それにしても夏と、のうぜんかずらの花と、板塀、なんとも絵になるとりあわせ、南吉は春の男だと思っていたが夏が似合うのかもしれない。

斎藤卓志

植物解説　のうぜんかづら

観賞用に栽培される中国原産のつる性落葉低木で、六〜八月に橙色〜赤色の大きなラッパ状の花をつけ、大変に美しい。

幹や枝から気根を出し、他の樹木や壁などに吸着して上に伸びてゆく。つるの長さが三〜十メートルのものもあり、基部は藤の幹のように太くなる。

葉は奇数羽状複葉で対生し、その年に伸びた枝の先端に集散花序または円錐花序を作り、よく目立つ花をたくさんつける。

原産地の中国では昔から薬用に栽培しており、平安時代に日本へ導入されて以降も薬用として栽培されていたが、観賞用として庭や公園などに植栽されるようになった。

花色が濃厚すぎるので、淡い色を好む日本人には思ったほど好まれなかったようで、人気度はいまいちの感がある。十数年前、民家の板壁やコンクリート壁に吸着する姿や、電柱をよじ登る姿をよく見かけたものだが、最近はあまり見かけなくなった。庭に植栽しても、原色すぎるのか、翌年にはカットされるケースも少なくないようである。（堀田）

白樺

苔人形は
つくられた、
木の實や苔や
白樺で。

ランプのかげに
つくられた、
シベリア樅の
森のかげ。

いろんな顔に
ゑがかれた、
ほだの消えてく
寒い夜に。

こつこつこつと
けづられた、
木こりや娘や
妻たちに。

赤いシヤツポも
つけられた、
春に賣られて
行くやうに。
コペイカ銅貨に
なるように。

そして貧しい
森かげの
きこりが暮して
行くように。

苔人形は
つくられた、
吹雪の音を
ききながら。

〈詩〉「苔人形」校定全集第八巻

南吉はロシアに行ったことがないのに、なぜこのような詩を書くことができたのだろうか。

苔人形は日本の東北地方の家庭の「こけし」のような、子どものおもちゃとか縁起物のような存在だという。ロシアの田舎などでは、乾燥させた苔を中に詰めており「お守り人形」と呼ばれている。

ドストエフスキーの物語には「お金」の話が登場する。ロシア文学をたくさん読んでいた南吉は、この「苔人形」（昭和七年発表）の前におそらく最初の作品として『罪と罰』を読んでいた。二〜三年前のことだ（昭和四年）。ここには、ルーブルもコペイカも登場する。南吉は『罪と罰』をはじめとする物語からロシアの風景を思い描きつつ、この詩を創ったのではないだろうか。

ロシアの寒い冬の夜に、春になれば少しでもコペイカ銅貨に換わるように願いつつ、ロシアならどこにもある「白樺」の木も使い、安い苔人形が、ほだ木の火も消え去る暮らしの中で制作されたのだろう。

この「白樺」という詩の八割近くの語尾に見られる「た」「に」という言葉はリズミカルな流れを作り、詩全体を明るく心地よいものにしてくれ、貧しいきこり家族総出の苔人形づくりを後押ししているようだ。

＊「南吉は自分の一家のことを書いていたような気がします。そして終わりがないような貧困、つらい生活があるということを文学作品の中で訴えたかったのではないでしょうか」（辰巳雅子　南吉研究家・在ベラルーシ）とも筆者は聞いている。

杉浦正敏

植物解説　白樺

植物学上の名前はシラカンバ。カバノキ属の一種で、ダケカンバやオノオレカンバと共に、日本に十一種類の同属がある。

高さ約千五百メートルの高原に生ずる落葉性高木で、高さ十〜二十メートル、直径三十センチメートル。葉は三角状広卵形で長さ五〜七センチメートル、裏面は白味を帯びた淡緑色で、基部は切形になる。北海道〜本州（中部地方以北）、サハリン、ロシアの温帯に分布する。

南吉は、木の実や苔と共に、苔人形の素材に用いる白樺をイメージしてこの詩を作った。背景に「シベリア樅《もみ》の森のかげ」を描いたが、白樺は本来、爽やかな高原のイメージにぴったりの樹木で、山火事の跡地など陽光地に出現する。柔らかすぎて建築や家具材には向かないが、樹皮が白色で美しく、人形など小さな土産物を作るのに用いられる。（堀田）

木

つぼけ（稲積）が竝んでゐる刈田や、枯草の土堤や、裸の白い木などの冬の景色が、駈けて行く久助君の兩側をながれた。

久助君はあた丶かくなつて來た。それから胸が苦しくなつて來た。そしてそれから横つ腹が痛くなつて來た。

いゝいゝいゝしんたのむねの上まで來たとき、たうとう自轉車から手をはなした。

「どした。苦しいか。乘るか？」

と太一ツあんは自轉車をとめてきいた。

『耳』校定全集第二巻

表現のすれすれを書いた作品だと思って注意して読んだ。私の子供時代の体験とも奇妙につながった。読み終えて耳に残るのが、「いやだよ」である。どんな話というより「いやだよ」が残った。

「いやだよ」とは、いつも友達から用もないのに耳を触られる普通より大きな耳の持ち主である花市君が発した拒絶の言葉。断るときには、きっぱり言う。触るなときっぱり言う。耳に触ることを拒むときの言葉が物語の内容である。だが南吉は、久助君が自転車の荷かけにつかまって走った日を昭和十六年十二月八日の朝と書いた。執筆年月日は昭和十七年十二月二十六日である。

はじめに引用した「裸の白い木」、「枯草の土堤」の流れから言えば、冬の朝で十分のはず。なのに南吉は昭和十六年十二月八日にこだわった。「いやだよ」は、十二月八日に向き合っているとしか思われない。『耳』の時代設定も同時代である。戦時下である。

私の父は私が五歳の時に出征した。覚えているのは小旗の中を母に手をつながれてあるいたこと。自宅の名古屋市南区駈上町から、熱田神宮に向かい父とは熱田の駅で別れた。父は無事に帰還した。『耳』はこうくくられる。「今朝な、日本は米国英国と戦争をはじめたださ」

久助君は立ちどまった。そして相手の眼をまじまじと見た。

昭和十六年十二月八日の朝のことだった。

田邊　實

植物解説 木

木をイメージするとき、一般の人は何を思い浮かべるだろうか。おそらく、樹形、つまり、その木の全体像ではないだろうか。樹形は、模式的には上下二つの要素に分けられる。一つは、ふつう三角で表されるが、葉で覆われたシュート（枝）の部分、それに、それを支える太い幹である。もちろん地中にも三角の底辺に相当する根の広がりがあるが、ふつうそこまでイメージする人は少ない。

専門家も一般の人と同じで、全体像から樹木を観ようとする。まずはその木の高さである樹高、幹の太さである胸高囲と外観の樹皮について観察し、さらに対象に一歩近づいて三角の詳細に移る。

三角の中身を構成する葉、花、実の主要な三要素を詳細に観察していく。葉の色や形、対生か互生かという葉のつき方、葉柄のあるなしなど。花ではメシベやオシベなど構造上の特徴、色、開花時期など。実についても、色、形、熟すタイミングなど、観察された特徴を記述し、その木の特性を明らかにするのがふつうである。

図鑑は、以上のような観点から樹木を記述するのがふつうである。（堀田）

からたち

謄寫刷りのプログラムが配布され、演奏は開始される。（中略）血が頭にのぼって僕の眼の前がゆれ始める。

——からたちの花　正はち君！

はてどうしたものか。

僕は決心してよろめく足をふみしめて壇の上に立つ。唇がふるへ、眼先がちらつき、歯ががちがちいふ。ハモニカは調子はづれの節で歌ひ始める。

〈断簡〉『午後七時。』校定全集第七巻

書きかけの小説である。南吉の自筆原稿は四百字づめ原稿用紙に記された三枚、校定全集の解題によれば制作年は昭和十年（南吉二十二歳）と推定される。

小説の題材は夜学校《やがっこう》で開催された音楽会。プログラムにある名が、正はちを始め、としゆき、とくぞう、勝ひこ、しづか、軍ぺい、益きちと、すべてが実在の人物であることから南吉が半田中学時代をベースに私小説的な作品を意図したのであろうか。

ここに紹介するのは、正はち（南吉）が舞台でハモニカを独奏する場面。

「からたちの花」は北原白秋・山田耕筰の共作によって大正十四年に発表され文部省唱歌として今も広く国民に愛されている。

幼い頃、養子に出された耕筰の辛かった実体験に基づき白秋が詩を書いたという。白秋に憧憬した南吉が、どこか自分の境遇に通ずるこの抒情あふれる歌曲をそれゆえに好んだかどうかは定かではない。

さて、作中にあるこういった不測の事態は誰もが一度や二度は体験したであろう。

〈――何てざまだ。こんな筈ぢやなかつた。落ちつけ、落ちつけ。

つまづいたり、杜切れたりして、やつと抒情詩からたちの花が終る。僕は壇を下りてへたへたと壁の根に坐つてしまふ。〉

おろおろした様子が表現されている下りは臨場感もさることながら、我々が知る、終始、沈着冷静な南吉のイメージとは異なりその普通らしさが面白い。理想を語り意気軒高な学生の瑞々しさと背中合わせに、未完成な人間南吉を垣間見る思いがする。

山田孝子

植物解説　からたち

カラタチはみかん科の低木で、他のミカンの仲間は常緑なのに、これは落葉樹である。枝には五センチほどもある緑色の鋭い棘がある。春、葉に先だって白い五弁の花が咲く。ピンポン球ほどの実は、秋に黄色く熟し、よい匂いがするが食べられない。棘があるので、以前は学校の敷地に、無断で人が侵入しないように、垣根代わりに植えられた。カラタチ以外には、橙色の小さな実がいっぱいなるピラカンサ（タチバナモドキ）も多く植えてあったことを記憶している。

カラタチといえば、北原白秋作詞の童謡がよく知られている。（稲垣）

烏臼《うきゅう》（ナンキンハゼ）

私ガ烏臼ノ下ヲ
ユクト
金貨デモクレルヤウニ
黄イ葉ヲ二枚
落シテヨコス

サテ私ハ
コノ金貨デ
手套ヲ一揃買ツテ
懐シイ童話ノ狐ニ
持ツテツテアゲヨウ

〈詩〉「落葉」校定全集第八巻

烏臼は楠とともに校庭樹にもよく使われている身近な樹木である。

安城高女にも校舎の脇に等間隔で数本植えられていた。日々の朝礼の後先や、授業の空き時間の折などに思索しながらこの樹の下を散歩する南吉先生の佇まいは、教え子の記憶に今も鮮明である。数多く残された写真の中でこの樹にもたれて微笑む南吉のポートレートを今も大切にしている教え子がいる。「自然体で、記憶のなかで一番先生らしい」と。

南吉は「うきゅう」という詩的な言葉の響きが好きだったのだろうか、「落葉」を初めとして五作品にもその名が登場する。もちろん和名の「ナンキンハゼ」ではなく漢名の「烏臼」として、である。

陽に映えて黄や紅に艶やかによそおいした烏臼、あるいはか弱い薄緑に包まれた新芽の烏臼。文中のそれはどの場面でも、瑞々しさを伴って読み手の心はそこはかとなく高揚感を覚える。ことに前掲の詩「落葉」ではこの樹の下を通った瞬間、たった二枚の黄い葉がたちまち私たちをメルヘンの世界へ誘ってくれる。

「サテ私ハ／コノ金貨デ／手套ヲ一揃買ツテ／懐シイ童話ノ狐ニ／持ツテツテアゲヨウ」

狐は言うまでもなく南吉の代表作の一つ、『手袋を買いに』の小ぎつね。

何というやさしさであろう。そして何という温かさであろう。

読み手は、心から満ち足りて南吉の穏やかなユーモアに導かれる。そして黄い葉の金貨を手に、ここに足を踏み入れた時と同じく、瞬時もためらうことなく、帽子屋さんを探しに出かける。

山田孝子

植物解説 烏臼

烏臼とはナンキンハゼのことで、中国名を烏桕という。中国原産の落葉樹で、公園の樹木や街路樹として多く植えられている。秋の終わりの紅葉は黄色、橙色、赤色などとてもきれいで、年や場所により微妙に違っている。

果実は初め緑色で後に褐色になり、皮が割れて落ちると中から三個の白い種が現れる。葉が落ちた頃、青く澄んだ冬空にこの白い種がとてもよく似合う。以前は、ハゼノキのようにこの種で蝋を取っていたのでナンキンハゼの名前がつけられた。

安城も街路樹として多く植えられており、散歩の途中に紅葉や白い種を楽しみに見ている人が多い。しかし、最近は業者が枝を早く、大きく切ってしまうので、紅葉も白い種も見ることができず残念でならない。（稲垣）

竹

氣まづい沈默が流れた。蜜蜂の話と文太郎さんの蜜みたいな聲音に、うつとりさせられて聞いてゐた子供の捨吉君は、お爺さんが金のことを云ひ出した以上面白くない事態にすぐなるのを知つてゐたので、そつとお爺さんのうしろから離れた。蜜蜂の群がつた木が、家のすぐ背戸あたりにある様な氣がしたので、そちらへ行つた。

背戸には蜜蜂なんか一匹もゐなくて、森閑とした竹藪があつた。こんな藪は石ころでも投げこんで、ぱきぱきぱんと威勢のいい音でもさせるより仕方がないので、捨吉君は石ころを探し出して、まさに抛りこまうと腕をふりあげたところへ、その籔の蔭からハナイが、風呂から出たばかりのやうな上氣した美しい顔で現れた。

『鯛造さんの死』校定全集第六巻

本作品は、一、二があって三から先のない尻切れとんぼ。未完である。二で終わってもよいほどだがそれでは鯛造さんの死まで届かない。

表題の鯛造は疊職人を振り出しに山林を仲買してもうけ、株、借家で財をなした金貸し。捨吉はその孫、新田に住む汚い服装をしたハナイは捨吉と同級で、そのハナイの父親文太郎は昔、金持で今は鯛造から金を借りて返せない客。

借銭の取り立てについてきた孫の捨吉と取り立てられる側にあるハナイの心情が読みどころだが、南吉が初期の小説でどういう人物を描いたかに目を移してみるのも興味深い。種明かしにもならないが鯛造を南吉の父親多蔵、孫の捨吉を南吉としたらどうか。ハナイは心あたりがない。

平板な貸し金を取り立てに行く話をそうでないものにしているのは、捨吉とハナイに異性の青い匂いを強く感じさせられるからにちがいない。南吉は捨吉とハナイの何かを竹藪という異界が作り出すそれに見立てた。

「森閑とした竹藪があった」

ただの竹藪ではない。森閑としたその竹藪を変えようと石ころを投げようとする捨吉、その緊張を破る石を、つぶてとして投げこもうとするところにハナイが姿を現わす。二はそこで終わっている。

『鯛造さんの死』の推定制作年は一九四〇—一九四二年とされる。南吉の「ひらがな幻想」は、一九三九年十二月三十日に書かれている。ここでは、竹をさあさあ鳴らす南吉がいる。

斎藤卓志

植物解説　竹

最近は「たけやぶ」が少なくなったが、南吉がいた頃は西三河のあちこちに竹藪が見られたはずである。竹藪の組成はふつうモウソウチクやマダケだが、それらが何十本と集まって群生、高さ二十メートルにもなるから、遠くからでも竹藪の存在はすぐわかる。

竹藪の代表種モウソウチクは日本のタケ類の中でも最大で、高さ二十五メートル、直径二十四センチメートルに達するものもある。稈《かん》（一般の樹木の茎に相当）の下部にある節の隆起線は下部では一本、葉片は比較的小さい。マダケは高さ十八〜二十メートル、直径約十センチメートル、節の隆起線は下部でも二本、葉片は狭くて長い。いずれも若芽をタケノコとして食べる。

竹は昔から分類上の問題を抱えていた。木か草か？　確かに一般の樹木とは著しく様相が異なる。ふつうの樹にある中心幹のような主軸がないし、発芽から開花までの期間が三十年説、六十年説、百二十年説など様々で、確かなことはわかっていない。現在はタケ科に分類されて一息ついている。（堀田）

第3章
草

れんげさう

四月の
あさの
しののめの
月へ
ひばりが
のぼるなら

のらは
いちめん
れんげさう
やんれ
いちめん
れんげさう

〈詩〉「四月のあさの」校定全集第八巻

女学校に赴任して二年目の春（昭和十四年）、生徒たちの詩を集めた小さな詩集「沈丁花と卵」に収めた南吉の詩である。

戦前から昭和三十五年頃まで、碧海郡一帯は開墾地の地力増進や水田の緑肥としてれんげ栽培が盛んだった。田んぼいちめんピンクの絨毯の中、花を摘んで首飾りや冠を作るといった遊びはここで育った子どもたちなら誰もが体験したであろう。

れんげはあっさりとした甘さに、ほんのりと花の香りがしてくせのない良質な蜂蜜が採れるため、全国から養蜂家が集まったという。市内で旅館を営む家の娘だった南吉の教え子のひとりから当時を聞いたことがある。

北海道に住む養蜂家が毎年花の最盛期にトラックに巣箱を積んでやって来て三カ月ほど逗留したそうで、仕事の合間には宿の下働きをし、出立の折には宿代として蜂蜜一斗缶を十缶ほど置いていったという。その頃、市内で人気のパン屋さんで買ったパンをトーストし、蜂蜜をたっぷりぬって食べた贅沢な美味しさが忘れられない、と。

当時「碧海郡購買販売組合連合会（通称丸碧）」では米麦・菜種・鶏卵などとともに紫雲英《れんげ》種子《しゅし》の購買事業があった。

往還には立派な木造建築が立ち並び、まちは日本デンマークと呼ばれる先進的、模範的な農業地帯としての活気に満ち溢れていた。

女学校への行き帰りに見るこのまちと、そこに息づく人びととの生活までもが、南吉の詩心が揺さぶられるに値する風景であったに違いない。

山田孝子

植物解説　れんげさう

　六十年ほど前、私が子どもの頃の安城では、ピンク色のレンゲと黄色の菜の花、緑色の麦が春の風景であった。南吉が下宿していた新田も、同じような風景だったと思われる。

　当時、レンゲ畑で大の字になって寝ころんで空を見上げていると、雲雀がさえずり、草の匂がして気持ちよかったことを思い出す。また、そっとレンゲの花を取り、小さな雄しべのもとを舐めて、僅かに甘い蜜を吸ったことも懐かしい。

　レンゲは根に根粒バクテリアがあり、緑肥として田んぼの肥料にするため、稲を収穫した後の初冬に、種を播いて作られていた。しかし現在では化学肥料を使うため、ほとんど見られなくなってしまった。

　レンゲとは蓮華のことで、小花が集まって咲く様子が、蓮の花に似ているのでつけられた名前である。（稲垣）

ナタネ

ウマヤノ　マドノ　ソトニ　ナタネガ　ハエテ　ヲリマシタ。
マダ　花《ハナ》ハ　サイテ　ヲリマセン。ケレド　ツボミガ　タクサン　ツイテ　ヲリマシタ。
モウ　ヂキ　ハルガ　クルノデス。ウマヤノ　マエノ　ヒザシガ　ヒニ　ヒニ　アタタカク　ナツテ　クロイ　土《ツチ》カラ　白《シロ》イ　ユゲガ　ノボリハヂメテ　ヰマス。

『ウマヤノ　ソバノ　ナタネ』校定全集第四巻

馬小屋の下に生えているなたねのつぼみ達が、初めてみる外の世界に胸を膨らませて語り合うようすが面白く描かれている。

生まれ出る命が、これから体験していくであろう喜びと希望を生命賛歌のように歌い上げている。

二十三歳の南吉はこの作品を含む一連の幼年童話三十編あまりを一気に書き上げた。

前年の二月、南吉は最初の喀血をした。死の影を感じ始めた南吉にとって春はまぶしいほどに生命の息吹を感じる季節であった。

菜の花は春の訪れを象徴する花であり、春は南吉の好きな季節となった。

南吉は三月に逝ったが、法要は四月におこなわれた。

参列した教え子の一人は「菜の花の咲く中へ先生は逝かれた」と回想している。「日本のアンデルセンになれたら」と中学生時代、南吉は日記に記した。

アンデルセンの国デンマークで黄色の菜の花がどこまでもつづく美しい風景を何年か前に見た。冬の長いデンマークでは黄色の菜の花は太陽の光を待ちわびていた人々の喜びそのもので、白夜の長い一日を惜しむかのように海に川に街なかに楽しんでいるように見えた。

生誕百年を過ぎた今、南吉はあこがれていたアンデルセンに近づいたのではないかという気がする。

澤田喜久子

植物解説　ナタネ

ナタネの語源は、ナ（菜）‐タネ（種）から来ており、菜種油用に栽培されるアブラナ属の種を指すが、実際はセイヨウアブラナという別の種類から油をとるのがふつうである。

南吉は「ナタネ（菜の花）」としているので、野菜としての菜の花が「うまやのまどのそとに」生えていたのだろう。「まだ花は咲いておりません。けれどつぼみがたくさんついておりました」と描写したが、野菜にするときはつぼみの時に摘み取り、花が咲いたらそのまま畑に捨て置かれるのがふつうである。

アブラナ科は日本に二十一属約六十種、加えて帰化植物も非常に多い。また、このグループにはダイコン、ハクサイ、キャベツなど野菜も多数含まれている。

最近、早春の河川敷に黄花のセイヨウカラシナが群生して菜の花と誤認されることも多いが、菜の花とは別種である。（堀田）

つくし

少年　でも、あの子がゐなきや、つまんないなあ。
妹　そんな悲しい顔をしちやいやだわ。わたし達まで悲しくなるわ。
少年　あの子といつしよに、凧をあげたり、土堤のつくしをとつたりしようと思つて來たんだけどつまんないなあ。
姉妹　……
少年　ぶらんこにものつて遊ばうと思つて來たんだけど。
妹　ユキ坊がよくのつたブランコ、まだ裏庭にそのまゝになつてるわ。
少年　松林からひばりがあがつたら、一緒にひばりの歌をうたはうと思つたのになあ。
姉　ほんとに、もう春ね。もう春になつてるんだわ。こんやはまるで冬みたいに寒いけど。

『ランプの夜』校定全集第九巻

『ランプの夜』（昭和十六年）は、安城高女時代の四年十カ月の間に執筆された劇四本の最後の作品である。

春になったばかりの風の夜、勉強していた幼い姉妹を照らしていたスタンドの明かりが消えた。停電になり二人はランプで影絵あそびを始めた。登場したのは、二人が投影させた三人、旅人、泥棒、そして少年だった。少年は二年前に亡くなった姉妹の弟「ユキ坊」がいなくなって「つまんないなあ」と三回繰り返した。少年は竪琴を弾いたり、フランスへの旅の話をしたり、一緒に「つくし取り」をしたかったのだ。

「つくし」は南吉作品では『ランプの夜』だけに登場しているようだ。

春になれば、子ども心に戻って一緒に遊び楽しめる「つくし取り」が、少年と「ユキ坊」のこころをつないでいた。

南吉作品のなかの植物には、遊びを想像させてくれる、たんぽぽ、椿、菜の花、ほうずき、つくし、れんげなどがある。このなかで男の子の春の遊びらしいのは「つくし取り」だろうか。

少年と幼い姉妹は、ユキ坊のことを話していた。ところが「もうぢき電燈がつくもん」と少年は言い、「もう行かなきや」「僕はもう來ません」「あの子がもゐないもん」と、言葉を残して出て行ってしまった。お姉さんは「もう春ね。もう春になっているんだわ」と明るい春の到来を語り、「つくし取り」に戻ってきてほしい少年への希望を託している。

杉浦正敏

植物解説 つくし

つくしはスギナというシダ植物の胞子茎。つまり、私たちが口にしているのは、シダ植物スギナの胞子茎である。つくしがそろそろ終わる頃、スギナが次々と地表に姿を現わす。どちらも地下を横走する同じ根茎から伸びてきて顔を出すのである。

花がないシダ植物は胞子で子孫を増やす。シダの胞子はふつう葉裏につくことが多いが、なかには二形性と言って、胞子のつかない葉（裸葉）と胞子をつける葉（実葉）がそれぞれ別の形になって出てくるシダがある。スギナやゼンマイは二形性の典型で、実葉と裸葉が異なる形をしているシダである。

つくしには胞子がたくさん詰まった頭があり、その下に袴《はかま》と呼ぶ、先が三角状にとがった葉が数段ついている。頭は胞子嚢（ソーラス）の集まりであるが、それが熟してはじけると、中から無数の胞子が飛び出し、新たな成長を始めることになる。

つくし摘みが終わって家に帰ると、まず、袴をとり、水でキレに洗い、水分をふき取ってから、煮たり炒めたりして春を味わう。日本の春の風物詩の一つとして忘れがたい。

（堀田）

とくさ

わが村を通り
みなみにゆく電車は
菜種ばたけや
麥の丘をうちすぎ
みぎにひだりにかたぶき
とくさのふしのごとき
小さなる驛々にとまり

（中略）

われ　けふも　みなみにゆく電車に
わが　おもひのせてやりつれど
その　おもひ　とゞきたりや
葉書のごとくとゞきたりや

詩「春の電車」の一節にトクサがうたわれている。トクサは山間などに自生していて、三河一帯や、南吉のふるさと知多半島でもよく見かける植物である。

詩人南吉は、すっくと伸びるトクサの規則正しく並ぶ節ふしを鄙びた駅に見立てた。知多半島を南へ、みなみへとひたすらに続く線路。半島のその終点にはかつて愛したおみなの住む町が。半島の先なる終点は河和駅、町は現在の美浜町。

志半ば、喀血のため東京から失意の帰郷後、眼下に美しい海を見下ろすこの町の小学校で、南吉は一学期だけ代用教員をつとめた。そこで一人の女教師と出会い、かりそめのささやかな仕合わせを得た。

「こんなところにこんな仕合せがあらうとはつゆ知りませんでした。生きてゐることは無駄ばかりではないことがこれで解りました」。兄と慕う巽聖歌宛ての手紙に南吉はこう記している。

春の電車は、海と空の狭間を菜種ばたけや麦の丘を縫うようにひた走る。まぎれもなく明るい希望に溢れる情景である。しかしながら、その恋は破局を迎えた。

一年を経て、春の野に整然と並ぶ色濃きトクサに南吉は過ぎ去りし日のほろ苦い情感を載せて鮮やかに詠いあげた。

さて、南吉が春の電車にそっと乗せた思いは、とくさのふしのごとき小さなる駅々にとまりながら無事、半島の先に住む女性のもとに届いたのであろうか。

一枚のはがきのように……。

山田孝子

植物解説 とくさ

南吉にとってトクサのイメージは、叢生して何本も垂直に伸びる姿と、節に見える十四〜五十条の隆条であったようだ。

北海道〜本州（中部地方以北）の陽光湿地にしか自生しないから、庭に植栽されているトクサからイメージを育てたものだろう。金属の研磨に用いられ、利尿などの薬草にもなったので、南吉が暮らしたこの三河地方でも昔からよく庭に植えられてきた。

スギナ（つくし）と同じトクサ属のシダ植物だから花はない。先端に、つくしに似た胞子嚢穂をつけるが、つくしと違って硬質だからふつうは食べない。

ちなみに、矢作川下流域の堤防には、トクサより小形で、細く、枝分かれするイヌドクサが自生している。（堀田）

すかんぽ

すかんぽを一本ぬいてなげつけぬ、大きな鮹もぐらうとせず

〈短歌〉スパルタノート（一九三〇年〜一九三一年）校定全集第十巻

かむと口中にすっぱさをつれてくるすかんぽ。そのすっぱさの感覚は南吉にとって野原のあじだったかもしれない。短歌の中でもまるで野原のあしらいのように自然に顔を出す。そこには、すかんぽで遊んだ者だけが知るなつかしさのようなものがある。見つけると葉をとってしがんだり、時には茎の中央を折ってしがんだりしたものだ。しがむとは、かむことを言うが、ただかむのでなくそこにしゃぶるもあった気がする。すかんぽ相手に楽しんだのである。まだ、アイスキャンディーのない時代の子どものおやつ、それがすかんぽだった。

すかんぽの出てくる短歌は、南吉が半田中学五年の時につくられた。昭和五年四月である。この一首だけを読めば、南吉の心の中にあった何かやりきれない何かがすかんぽ

をどじょうめがけてなげつけたと、とることもできるが、同日の二首を合わせて読むとまたおもむきの変わる風景が出現する。

畠の花そらまめの花白きはなじつとみてあればなつかしきかな

知らない子土手でつばなをさがしてる手首に青い南京玉ひかる

そう、ここにいるのは、すかんぽも、つばなも、どじょうも知り尽くしたもうじき十七歳になる南吉その人。水ぬるむ井溝とも小用水とも呼ぶ流れの土の底に沈む大きなどじょう。流れのない日だまりの中の静寂を破るようにすかんぽを見舞うくわだては、どじょうの、もぐろうとせずの反応で打ち消される。春の好きな南吉ごのみの作品である。

田邊實

植物解説　すかんぽ

タデ科ギシギシ属のスイバを指すと思われるが、地方によっては、タデ科イタドリ属のイタドリを指す所もあり、前後の文脈を読むまでは特定することができない。どちらも身近な草で、植物好きの南吉には見慣れた存在であったろう。

スイバは人家付近や野原にふつうの植物で、茎は一本立ちか、または枝分かれし、高さ三十~百センチメートル、全体に赤みを帯びる。葉は長楕円状披針形で長さ約十センチメートル、基部は矢じり形~円形。根出葉や下部の葉に柄がある。花期は五~八月で、雌雄異株。花は円錐状に集まる。語源は「酸い葉」で、若葉を食べるが、酸っぱい味がする。

イタドリは日当たりのよい堤防斜面や荒れ地に生える高さ一メートルほどの植物で、茎の上部でたくさん枝分かれする。葉は広卵状楕円形~広卵形で、葉先はやや尖り、基部は切形になる。葉長は六~十五センチメートル、幅五~九センチメートル。花期は七~十月、総状花序が円錐状に集まり多くの花をつける。若葉は天ぷらにしたりして食べる。(堀田)

草

そばへゆくと、敵の方を、はんぶんにらみながら、こちらも草を刈りはじめました。そのうちに、どちらからともなく、笑ひだしてしまひました。こちらもむかうも、うちとけて、あはははは、と笑ひました。向ふには、鎌を投げだして、草の中にひっくりかへるやうな、へうきんな子供もゐました。

これで、敵味方のへだてがとれてしまつたのです。ひとしごとできると、こちらもむかうもいつしよになつて、どぼんどぼんと池にとびこみ、いつしよに、水をぶつかけあつて遊びました。

そのあひだに、刈つた草は、つよい匂ひをたゞよはせて、乾きました。

『草』校定全集第二巻

五月二十八日の日記は変わっている。特段に長いわけでも短いわけでもないが、変わっている。教師の日課を書いている。まるで女学校教師としての一日はこうだと知らせる覚えのように。『草』は、日記の翌日二十九日に書かれた。『草』と日記がリンクしているると考えるのは不自然だろうか。

『草』は、「南吉の五月」とでも呼びたい作品量産月の五月の最後に書かれた。なにかの置きみやげかと見紛う作品のようでもある。

『草』は、いつもならけんか相手のあちらの村の子供たちと仲よく献納の草を刈る話。水あび場をめぐって石合戦もする隣り村の子供といっしょに夏の盛りに軍隊に出す草を刈る。それだけ。それ以上は何もないが名作である。

それは、読み手が南吉のその時を思うからかもしれない。状況や背景など考えず、原稿用紙七枚の作品が一本、とカウントするだけなら、名作などとは思うまい。長いものを書いた後に短いものを書いた、と思い込んで終わり。だが、子供たちの登場の仕方、その退き方、蜜柑畠、麦稈帽子といった道具立がいかにも南吉好みなのである。

ラストシーンはこう終わっている。

「じゃまた、来年のなつ」

「また献納の草を刈ろうね」

作者南吉は来年の夏がないと知っている。

いつもと違う「夏」そこに「なつ」がつかわれている。

斎藤卓志

植物解説 草

「草」は「道の埃」という詩にも出てくる。この詩は、「草の上に腰を下ろして、何気なく見ていた道行く人の、脚についた土埃の多さを見て、ずいぶん遠くから歩いてきた旅人に違いないと思った。その人が梨畑の大きな梨に目もくれずに行ってしまったのは、よほど急いでいたからだろう」というもの。

南吉は「草」の名前をあげていないが、この地方の梨畑にふつうに見られる各種雑草の総称とみていい。それを「草」と詠んだところはさすがで、「雑草」なら詩でなく散文になってしまう。「草」の語感の方がはるかに詩的といえよう。

現代のような車社会にあって、毎日忙しい日々を送らざるを得ない私たちには、悲しいかな、のんびりと草の上に腰を下ろす時間もなければ、道行く人を眺める余裕さえない。できれば南吉のように、道行く人の脚を汚す土埃の量で、旅の長さを推し量る詩的世界に身を置いてみたいと思うのは、果たして私だけであろうか。(堀田)

茗荷

おきゝよ　この百姓家から
もれてくるハモニカの聲を
誰かが風呂にはいりながら
ハモニカを吹いてゐるのだ
（中略）
こんな見すぼらしいかやぶきの
百姓家だが、ここには明るい幸福があるのだ
おきゝよ、この家の背戸口に
夕やみの中ににほつてゐる
茗荷のほのかなかほりを

〈詩〉「百姓家」校定全集第八巻

南吉の当時の日記に「下宿の子供が、久しぶりに父親が帰ったことが嬉しくて下手なハモニカを吹いている」とある。おそらく下宿の子供たち、敬と豊を頭においてつくったのだろう。母親を馬鹿と言ったり、おろしたてのシャツを破いたりとやんちゃな様子も描かれている。「ここには明るい幸福があるのだ」という一言は南吉の愛を感じる。

初めて出版した本『良寛物語　手毬と鉢の子』は敬の母である久子が受け取った。「たくさんのお金が入るので親孝行ができます」と言っていたらしい。旅行に行くとみやげもよく買ってきた。一度などランプを二つ買ってきて「ランプの話を書いたから一つは自分で使います。一つは母屋にどうぞ」ともらったらしい。敬の息子、博昭が子供の頃までは見たことがあるらしいが、いつの間にか見なくなってしまった。敬が古道具屋に売ってしまったのかもしれない。

詩の中に「茗荷のほのかなかほり」とあるが、当時茗荷は西裏《にしうら》とよぶ仏間の西側にある裏庭にあった。西裏には建物を造らないこともあって実を食べる木々があった。富有柿や食用の桜の木などである。茗荷は夏から秋が旬だが夏茗荷と秋茗荷の別がある。夏茗荷より秋茗荷の方が大きく、色香りが良い。大見家にあったのは小さい夏茗荷だったが久子や敬は毎年たのしみに食していた。西裏の一角から茗荷のかおりが下宿の部屋まで届くとは思われない。南吉はどこで茗荷のかおりをかいだのだろうか。

大見まゆみ

植物解説 茗荷

ショウガ科ショウガ属の多年草で、原産地は東アジアの温帯地域とみられる。日本には野生種がなく、人が生活していたと考えられる場所にしか見られないことや、すべて五倍体で、繁殖が地下茎によるところを見ると、大陸から持ち込まれ、食用として栽培されてきたことがわかる。

みょうがには独特の香りがあり、「花みょうが」と呼ばれる花穂の部分の紅色が鮮やかで、冷奴や蕎麦に薬味として添えたり、天ぷらにしたり、みそ汁の具にしたりする。裏庭や屋敷林の木陰に、山椒やミツバとならんでこのミョウガを育てる農家も多い。

花期は晩夏〜初秋。花穂である「花みょうが」の中には三〜十二個の蕾がある。秋を告げる風味として今でも愛されている。

ちなみに、この地方の山間の薄暗い林下にハナミョウガと呼ばれる植物が自生している。ショウガ科ハナミョウガ属の植物で、茎葉がミョウガに似て、茎頂に美しい花をつけるところからその名がついた。（堀田）

かたばみ

おもひここに
およべば
くだけて散れよ
實のかたばみ

〈詩〉「三年前のノートから」校定全集第八巻

昭和十七年春、安城高女で南吉は三月に送り出したばかりの生徒らに、自らガリ版を切った級報「雪とひばり」を届けた。そこには、三年前に書かれた「水ぐるま」という短詩抄から抽出された八連が掲載されていた。

これはその中の一連で、南吉はこの短い詩によほどの思い入れがあったのか、この年、卒業の記念に請われて書いた色紙にも同じ四行を記した。

色紙を頼んだ教え子はその時をこう回想して語った。

「つかの間考えておられ、その後一息に書かれました。それから『これは僕の失恋の詩だよ』と少し苦笑いされ手渡して下さいました」と。

かたばみは草原や道ばたにみかけるありふれた草で、春から夏に黄色の花をつける。実は熟すとはじけて勢いよく種子を飛ばすのが特徴である。

南吉はこの詩の後半二行を当初、〈はじけて散れよ／実のかたばみ〉と詠んだのを、三年後、〈くだけて散れよ／実のかたばみ〉と推敲した。

〈はじけて〉は、繁殖のために種子を弾き出す勢いを感じさせる見たまま、ありのままの情景表現だが、〈くだけて〉には「打たれて壊れる・粉々になる」という意味があることからも失恋を暗喩するものと思われる。そして、〈くだけて〉〈散れよ〉と動詞を重ねることにより、きっぱりとした意志の強調が感じられる。

死の恐怖と隣り合わせの日々の中、愛する女性との未来を選択し得なかった南吉の苦渋が読みとれる推敲であったと思われる。

山田孝子

植物解説　かたばみ

庭や道端にふつうにみられる植物で、植物が好きだった南吉は、細長い果実が熟すと裂開して多数の種子を飛散する特徴を、よく捉えてこの短詩を作った。

茎はふつう地上を這い、よく枝分かれして、先端の方で立ち上がる。葉は三小葉からなる掌状複葉。茎の先の葉腋から長い花柄が伸び、その先端に黄色い小さな花を開く。花期は五〜九月。地下に垂直に伸びる直根があり、除草したくてもなかなか除去できない。

カタバミ属（オキザリス属）は日本に自生が六種あるが、最近はオッタチカタバミなどの帰化種や、ハナカタバミなどの園芸品の逃げ出しによる野生化が増えている。（堀田）

ぺんぺん草

私の好きなもの、つまり私の世界を形造つてゐるものはまだまだ澤山ある。それを全部あげることは迚も出來ない。家の中はこの位にしといて庭に出ることにしよう。私の庭にはいつでもさやえん豆が咲いてゐる。麥笛が鳴つてゐる。ぺんぺん草も生えてゐる。庭の隅には小さい木小屋があつて、白い仔山羊が弱々しい聲で呼んでゐる。そこら一ぱいさまざまの昆蟲が、黄金蟲が、てんと蟲が、蜜蜂が、蝶々が、おけらが舞つてゐる。陽は輝き、空氣は流れてゐる。

〈随筆〉「私の世界」校定全集第九巻

「私の世界」は、「安城高女学報」（昭和十三年一学期号）に書かれた教師新美正八の自己紹介文である。新任教師の挨拶文といえば形だけで終わりがちだが学報一頁の堂々たる文章を書いた。

かねてからぺんぺん草は経済がかたむいた家の屋根に生える草と信じていた者には南

吉の庭は驚きの庭に写るだろう。ぺんぺん草がこともあろうに自宅の庭にあると公言するのだから。世間体より緑ということか、ユーモアのたぐいかそれはわからない。

南吉は学報という公の場を借りて英語教師新美正八が芸術文芸畑に深い関心を持つ者であると強くアピールした。（本当は作家志望と言いたかった）その南吉が自らの心の世界に並べ立てたのが、特別室ではフィリップ・アンデルセン。大部屋の住人には、チェホフ、ドストエフスキー、井伏鱒二、小杉放庵、ショパン、マチスなど、ここでは南吉が名前をあげた数およそ四十とだけ報告しておきたい。はじめて名前を自身の目で追った者には、単なる悪ふざけとしか受けとれないにちがいない。私もそのひとりだった。分野も時代も国もみさかいがない。統一がない。思いつくままならべた、正直そう思っていた。だが年月がたち日記や手紙を読み込んでいくと見方が変わっていった。変わらざるをえなかった。

庭にぺんぺん草を生やして何の不思議もないと思うようになった。読書の質と幅がちがう。ぺんぺん草は南吉の心の世界のあしらいにすぎないと納得した。

斎藤卓志

植物解説　ぺんぺん草

春の七草として昔から親しまれてきたナズナのことで、アブラナ科ナズナ属の多年草である。麦の伝来とともに渡来した史前帰化植物で、かつては冬の貴重な野菜であった。庭だろうと路傍だろうとどこにでも生えるから、「ぺんぺん草が生える」と言うように、荒れ果てた様子を表す慣用句が生まれ、「ぺんぺん草も生えない」のように、何も残っていない、すっからかんの様を表すほどに身近な存在である。

主根は白色で深く伸びる。茎は直立分枝し、根生葉は束生して地面に接する。春に茎の頂に総状花序をだし、有柄の白色小形の十字状花を多数つける。花の下につく果実の形が三味線の撥に似ているので、弾いた時の擬音語からぺんぺん草と呼び、またシャミセングサの異名もある。薬草としても知られ、日陰干にしてから煎じて服用すると、肝臓病、解熱、血便血尿、下痢、高血圧、などに効くといわれる。（堀田）

ヘンデル草

十年に一人位は村で悪い傳染病に罹るものがありました。村の人達はヘンデル先生の教へてくれた藥草を早速煎じて病人に飲ませました。すると病人は二三日のうちに癒つてしまふのでした。村の人達はこの藥草をヘンデル草と呼ぶやうになりました。ヘンデル草は春になると青い芽を吹き秋になると枯れて行きました。さうして、何十年か何百年か過ぎ去りました。丘の下の美しい村は昔の通りの小さな村でした。けれど、村の人達はもうすつかり變つてゐました。ヘンデル先生のことを知つている人はもうゐなくなりました。

『丘の銅像』校定全集第五巻

『丘の銅像』は、ストロンベリィの『ペエアの旅』に触発されてわずか一晩で書き上げられた。東京外国語学校二年の時である。小山内薫翻訳の『ペエアの旅』を読んでみたが、内容は似ても似つかない物語だった。南吉が触発されたのは『ペエアの旅』のストーリーなどでなく、さらし台と市長ハンスが朝の挨拶を交わすそれ。銅で作られた作り物が挨拶する光景も面白いが、その背後にあるものは、さらし台とハンスの銅像ができあがるまでの「長い時間」だった。南吉が『丘の銅像』で書いたのは、とてつもない時間の風化力だった気がする。『丘の銅像』でくりかえし出てくることばは、「長い時間がたちました」のフレーズである。すべてを飲み込んでゆく時間の残酷を描いた。そこにある草をなぜヘンデル草というか誰ひとりわからなくなっても、また、ハンスの作った子守歌が今もうたわれると同じように「ヘンデル草」という呼称だけは伝えられていく。「丘のふもとの美しい平和な村に、ハンスと言う詩人が住んでいました。」これが『丘の銅像』原稿用紙十九枚の冒頭である。物語の舞台を平和な村としたとき、詩人の名前をハンスと決めたとき、南吉の頭の中にどこまでの話ができあがっていたか。物語の誕生に立ち会うような、自分ならこう作ってゆくという考えがふくらまないだろうか。物語をたのしんだいちばんは南吉その人だった気もしてくる『丘の銅像』である。

それにしても二十歳で無常を感じるとはちと早過ぎはしないか。それが長生きは出来ないと友人にしゃべっていた時期だったとしても。

斎藤卓志

植物解説　ヘンデル草

こういう名前の植物は、日本にもヨーロッパにも存在しない。あくまで童話の世界に描かれた植物名である。

ある平和な村に伝染病が広まり、大勢の人が亡くなった。医者のヘンデル先生は、苦労して原因を突き止め、薬草を使って大勢の人の命を救う。先生はふとしたことから病で死んでしまうが、村の人たちは、先生の名前を忘れないように、丘の上に立つ詩人ハンスの像に、ひげを加えてヘンデルの像に作り替え、薬草をヘンデル草と呼んだ。それから何百年も過ぎて、ヘンデル先生や銅像のことを知らない人ばかりになっても、薬草のことを未だにヘンデル草と、理由もわからずに、呼んでいる。

丘の銅像が、詩人ハンスから医者のヘンデル先生へ、次には軍人のペテロの像へと、時代の変遷に伴って作り替えられ、最後に溶かされ七つの鐘になる物語。時代の変遷で忘れ去られてしまうものが多い中、ヘンデル草のように、そう呼ばれるようになった経緯《いきさつ》を知らずに使っている名前や習慣が少なくない。(堀田)

乾草

そのつぎに久助君は、北のお寺へ行つた。ほんとうはあまり氣がすすまなかつたのだ。といふのは、そこは別の通學團の遊び場所だつたから。しかしこんなよい天氣の日にひとりで遊ぶよりはましだつたので、行つたのである。がそこにも、丈の高い雁來紅《はげいとう》が五六本、かつと秋日に映えて鐘撞堂《かねつきだう》の下に立つてゐるばかりで、犬の子一匹ゐなかつた。

まさか醫者の家へなんか集つてゐることもあるまいが、ともかくのぞいてみようと思つて、黄色い葉の混つた豆畠の間を、徳一君の家の方へやつて行つた。その途中、乾草の積みあげてあるそばで兵太郎君にひよつくり出會つたのである。

『久助君の話』校定全集第二巻

草の匂いのする物語である。

久助君と兵太郎君とが乾草のところでただじゃれ合うというそれだけの話が『久助君

の話』のすべて。素朴にすぎるタイトルに目が惑され、南吉作品の中では凡作の部類に入れていた。

今回読み直して圧倒された。前半こそ南吉らしからぬ部分もないではないが、佳境に入るや自分の本当のベースはここ、といわんばかりに読ませる。南吉が創出した久助君——じつは南吉の分身——をどんな心持ちであやつっていったか、書く折りの息遣いまでが伝わる。スタイルを発見した高揚感から笑みを浮かべ万年ペンを走らせるその後姿までが。

南吉が目にとめた「乾草」（南吉は干草とも書く）は、南吉の全作品から見てもキーワードのひとつといって過言でない。南吉はこの作品の成稿日を一九三九年十月十八日とした。八ないし十八の数字は南吉についてまわる数字のようにもみれる。偶然だろうか。

乾草は、安城高等女学校の学報にのせた最後の詩作「秋抒情」（一九四二年九月推定）にも顔を出す。

なにに怒りてとぶ蜂ぞ／乾草ほこほこかほり／子供ら豆の葉鳴らし／
秋陽は酒のいろにして／しづかになごむまひるどき／なにの傷みにたへかねて／

ひとつを怒りとぶ蜂ぞ／金にかすみて失せにける

斎藤卓志

植物解説　乾草

「干し草」と聞くと思い出すことがある。中学生だった昭和三十二年頃、夏休みに干し草を持って行くという宿題があった。その頃、牛は田起こしや荷物の運搬をする大切な家畜だった。学校近くには安城を代表する板倉農場があり、干し草は牛の餌として売られてクラブ活動費になった。

当時の田んぼは、大きさも形も様々であり、田んぼの間の道は、土の道で両側は草だった。また川の堤防や空き地、畔道にも草はいくらでもあった。いね科のススキやジュズダマやチカラシバ、きく科のヒメジョオンやオオアレチノギクなどである。昭和五十年以降に大繁殖したセイタカアワダチソウはまだなかったと記憶する。

草刈りのときに気をつけたい草に、とげがあるナワシロイチゴやイシミカワがあった。また干し草に紛れないよう慎重に刈ったものにキツネノボタンがあった。俗にコンペイトウとも言い、実がトゲトゲの毒草で、家畜が食べたら大変であることは、みんな知っていた。（稲垣）

第4章——実

ムギ

「コレカラ　センサウニ　イクノデス。ワタシハ　ラツパシユニ　ナツテ　リツパニ
ハタラキマス」（略）
ヲトコハ　アチラ　コチラノ　ムラニ　ノコツテ　ヰル　ヒトビトヲ　ヒトトコロ
ニ　アツメマシタ。「ミナサン、ゲンキヲ　ダシナサイ。ゲンキヲ　ダシテ、フミア
ラサレタ　ハタケヲ　タガヤシ、ムギノ　タネヲ　マキマシヨウ」ト　ヲトコハ　ヒ
トビトニ　イヒマシタ。（略）
トテ　トテ　トテ　ト
タネヲバ　マケヨ
ムギノ　タネ（略）
ヤガテ　マイタ　タネカラ　メガ　デテ　ノハラ　イチメンニ　ムギノ　ミノル
トキガ　ヤツテ　キタノデ　アリマス。

『ヒロツタ　ラツパ』校定全集第四巻

「まずしい男の人」は、若くても親兄弟がなくひとりぼっちだった。そこで偉くなりたいと思い、戦争でりっぱな大将になるために戦争を捜して旅を続けていた。

ある朝、目をさますと踏みにじられた花畑のなかの倒れた一本のけしの花のもとに、しんちゅうのラッパが落ちていた。この「ひろった　ラッパ」で偉くなろうとした若い男は勇ましく吹いて村人たちに聞かせた。

しかし「戦争はもうたくさんです」と村のお年寄りが口にした言葉で男は、戦争でふみ荒らされた畑を耕し「麦の種」をまいて、「実り」の時を迎えることが自分の求めていることだと気づいたのだった。

これは、戦争反対を唱える物語と言うよりは、戦争とはどんなものなのかわかった、わかったからこそ、村人たちにとって何が大切なのかに気づかせようとしたかもしれない、平和を望む南吉のこころがつむいだ物語ではなかっただろうか。

＊

この物語から筆者が思い出したのは、「もし一粒の麦が地に落ちて死ななければ、それは一粒のままである。しかし死ねば豊かな実を結ぶ」（ヨハネ福音書 第十二章、フランシスコ会訳の新約聖書より）という言葉だった。

『ヒロッタ　ラッパ』は当時からよく知られていた「一粒の麦」をヒントにして生まれたと思った。

杉浦正敏

植物解説　ムギ

オオムギ（大麦）やコムギ（小麦）など、外見が類似したイネ科穀物の総称。

昔は、日本ではオオムギを中心に栽培してきた。製粉作業が必要なコムギと違って、オオムギは製粉せずに食べることができる。飢饉でコメの生産が打撃を受けたとき、オオムギを代用して、苦しい時期を乗り切った。

しかし、水稲技術の改良でコメの生産量が増え、一方で、生活様式が欧米化されるに伴い、用途の広いコムギがオオムギにとって代わった。一九四〇年代を境に、作付け面積が逆転、コムギの生産量がオオムギを上回ったという。

麦飯は「臭い」と言われ、三流品扱いされてきたが、健康上の理由から麦飯を食べる現代人も少なくない。

秋に種を播き、まだ寒い早春、畑一面に緑の葉が顔を出し、初夏には一面褐色になる小麦畑から、どの風景を南吉はイメージしたのだろうか。（堀田）

麦

木《き》に白《しろ》い美《うつく》しい花《はな》が一ぱい咲《さ》きました。木《き》は自分《じぶん》の姿《すがた》がこんなに美《うつく》しくなつたので、うれしくてたまりません。けれど誰一人《だれひとり》、「美《うつく》しいなあ」と褒《ほ》めてくれるものがないのでつまらないと思《おも》ひました。木《き》はめつたに人《ひと》の通《とほ》らない緑《みどり》の野原《のはら》の眞中《まんなか》にぽつんと立《た》つてゐたのであります。

やはらかな風《かぜ》が木《き》のすぐそばを通《とほ》つて流《なが》れて行《い》きました。その風《かぜ》に木《き》の花《はな》の匂《にほひ》がふんわり乘《の》つて行《い》きました。匂《にほひ》は小川《をがは》を渡《わた》つて麥畑《むぎばたけ》を越《こ》えて、崖《がけ》つぷちをすべり下《お》りて流《なが》れて行《い》きました。そして遂々蝶々《とう〳〵てふ〳〵》が澤山《たくさん》ゐる馬鈴薯畑《じゃがいもばたけ》まで、流《なが》れて來《き》ました。

『木の祭』校定全集第三巻

南吉にとって「麦」「馬鈴薯」は、それぞれ「麦畑」「馬鈴薯畑」でなければならなかった。引いたのは、『木の祭』という絵本にすれば幻想的な世界をつむぎだす一篇だ。作品に登場する植物は「木」とか「花」とかとあるばかりで、何という木か花かは知れない。名前がついていない。もし木と花に名前がついていたら、作品はまったくべつの印象のものとなるだろう。そんな不思議な物語『木の祭』に唯一でてくる植物名が「麦」と「馬鈴薯」、それも「畑」という文字をつれてでてくる。土地とむすんで登場する。

「麦畑」は、とおもったとたん、むかし父とむぎばたけに出かけてむぎ踏みをしたことを思い出した。冬の寒い朝、吐いた息は煙のようになり、ふたつの手をこすり合わせ寒さをしのいだ。むぎを踏むと音を立てることもあった。霜柱が立っているのだった。そんな頃、畑の角での焼きイモづくりが楽しみだった。

むぎ踏みをしたときは、なぜ、若い出たばかりの芽を踏むのかわからなかった。ものごころついたころ、足で踏まれることにより、むぎの茎はいちだんと強く立派になり豊かな穂をつけると教えられた。

そんなむぎ踏みもなくなり、今ではローラー付の農機で踏み倒していくこともあるという。麦の収穫期を迎える初夏の頃を「麦秋」とよぶ。麦の秋（収穫期）というわけである。南吉の日記を読むと作文のタイトルに「麦秋」を出題したことが出てくる。そこに「麦秋」を生徒にどう説明したものか教師としての悩みも添えてある。生まれ故郷半田の原風景を、南吉はどんなことばで伝えたのだろうか。

田邊 實

植物解説 麦

麦といえば、子どもの頃麦踏みをしたこと、麦わらでシャボン玉遊びをしたことを思い出す。麦わらは稲わらと違い、茎がストローのようなので、麦笛もよく吹いた。麦わらの長さで、音が高かったり低かったり、大きな音だったり小さな音だったりして、おもしろかったことが想い出される。

昭和二十年〜三十年頃の安城の農家では、米と麦などの二毛作がほとんどであった。麦は稲作が終わった十一月末、田んぼに種をまいた。冬の間に麦の芽を踏んで根張りをよくし、分けつをさせるために行なった。五月後半に麦刈り、脱穀をして収穫した。穂が平べったく芒が長い大麦と、穂が細長く芒が少ない小麦があった。

当時、米食が中心の日本人は脚気が多かった。白米に大麦を混ぜてご飯を炊くのが普通であった。我が家でも小麦だけでなく大麦も作っており、兼業農家は食べ物はほとんど自家製であった。農協へ行って、大麦はついてもらい、ご飯として毎食食べた。小麦はパンやうどんと交換する券をもらってきたことを覚えている。（稲垣）

西瓜

松吉の右手の一つの疣と、克巳の腕とに箸がわたされました。

松吉は大まじめな顔をしました。そして天の方を見ながら、

「疣、疣、渡れ。」

「疣、疣、渡れ。」

と、よく意味のわかる咒文《じゆもん》をとなへました。

その翌日、町の子の克巳は、茄子《なす》や胡瓜《きうり》や西瓜《すゐくわ》を、どつさりおみやげにもらつて、町の家に歸つていつたのでした。

『疣』校定全集第二巻

町の子の克巳が田舎のいとこ松吉、杉作の家に十日間泊まり込んだその帰る際のみやげが西瓜だった。西瓜は今も昔も夏を代表する果実的野菜。町の子たちは茄子や胡瓜をもらって帰るが、赤い西瓜にはかなわない。

子どもの頃に食べたものはどれも懐かしい。

今ではどの野菜や果物も、年間通じて店頭に並ぶ時代になったが、初物を食べる感覚を失った。豊かな食生活がもたらされる一方で、家庭菜園への関心が高まってもいる。

作品では、松吉や杉作が田舎者であることにコンプレックスを感じ町に出かけるようすが描かれているが、この心持ちは時代を超えて、少年期に共通する感覚であるようだ。

私にも似たような思い出がある。

昭年四十年代の小中学生の頃のことである。兼業農家の我が家では、農繁期にランドセルを自宅において、田植えや稲刈り、また草取りや消毒に、長男である私に仕事がまわってきた。境遇から幼くてもおおむね理解はできていた。しかし、その行き帰りに、道端で級友と会うことが恥ずかしかった。級友のように、遊びや習い事で過ごす振る舞いをしたかった。

土や泥と格闘する農作業では、汚れてもよいように古くなったズボンやシャツで、当時のことゆえ当て布の繕いがしてあるような格好で級友に出会うことになる。

高学年から中学生になれば色気づき、周囲の目が気になる。女子の級友とすれ違うことともなれば、まさしく田舎者であることが恥ずかしく、嫌な思いであったことを思い出させてくれる作品であった。

渡邊清貴

植物解説　西瓜

果実を食用にするため栽培されるウリ科のつる性植物。原産地は熱帯アフリカのサバンナ地帯や砂漠地帯と言われる。日本に伝わったのは室町時代以降のことらしい。

店頭に並ぶスイカは知っていても、栽培中の畑のスイカは見たことがないという学校の先生が最近は増えていると聞く。都会育ちの、畑のスイカを見たことがない先生なら、確かに、葉だけでそれとわかる人は少ないだろう。

葉は切れ込みが深く、丸みを帯びる。葉の長さは約五センチメートル、雌雄異花で、花の色は黄色。緑の外観に一段と濃い緑の縦縞模様が入るのが一般的だが、これは昭和初期に始まった品種。それまでは黒色の無地で、「鉄かぶと」と言われる品種が主流だった。

（堀田）

林檎

村には林檎の木がたくさんあつて、明るい夏には白い花が咲き、村には林檎の香が一ぱいに流れました。そしてその花が、寒い頃になると珠のやうな美しい果になるのでした。

『名無指物語《ななしゆびものがたり》』校定全集第六巻

木靴屋マタンじいさんの左手には名無指がない。

マタン爺さんが少年だった頃、彼は同じ村に住む不幸せな少女ジュリーに心をよせていた。ある日、石の塀の下で涙にうるんだジュリーとばったり出会う。何かしてあげたい一心がマタンの理性を失わせる。―― ふと振仰いだマタンの眼に真つ赤にうれた林檎の果が四つ五つ映りました。――彼は思わず他人のりんごに手を伸ばしてしまう。折しも塀の内側では、はさみをもったお金持ちがその家のお嬢様のために色のよいりんごをちょきんちょきんと切っていた。そして、マタンの指が真っ赤なりんごに触れたそのとき、彼はあっとその場にしゃがみ込んだ。……こうしてマタンの名無指はなくなった。
英文学を専攻した南吉の作品にはこのような西洋の香りをもつ童話が幾編かある。

この物語は、時代設定は定かではないが生活様式に木靴が登場することからオランダ辺りか。澄み切った空、風、ひかり、白い花、真っ赤にうれたりんごの果、そして少女。まさに一幅の絵画である。

りんごが醸し出す甘酸っぱい感触はマタンじいさんならずとも誰もが共有する少年、少女の時代の懐かしさに通ずる切なさでもあろう。

ところで名無指とはどの指のことか。

第四指を指す漢語の「無名指」が語源ともいわれ、和語では「名無指」、「薬師指」と変遷し「薬指」が登場する。

マタンじいさんは少年の日、純粋さと切なさの代償として左手の薬指をなくしたのだった。

山田孝子

植物解説　林檎

現在ではリンゴの種類は数多く、色や味、歯ごたえなどいろいろである。しかし昭和二十〜三十年代では、紅玉か国光ぐらいだったと記憶している。病気になると、赤いリンゴが食べられた。チョッピリ酸っぱく、歯ごたえのあるリンゴだった。それでもとてもうれしかった。腹が痛い時は、母がおろし金で擦って、スプーンで食べさせてくれたことを今でも思い出す。

当時、籾殻の入った木製のリンゴ箱に、並んだリンゴが八百屋の店先にあったことを覚えている。今では、リンゴはダンボール箱に入れられ、発砲スチロールで傷つかないようにされている。（稲垣）

蜜柑

まだよく熟さない蜜柑をユキちやんが持つてゐたことがあつた。それはほんの一部分がぽつと黄く色ずんでゐるばかりで、あとはすつかり、油ぎつたどす黒い緑だつた。今年始《はじ》めて見る蜜柑なので音ちやんは、ユキちやんがそれを剝ぐのを見てゐた。皮《かは》はまだ固《かた》いと見えユキちやんは彼女の細《ほそ》い指をその果物のてつぺんに突《つ》つ込むのに骨《ほね》を折《を》つてゐた。（中略）

たうとう彼女は歯をあて、皮《かは》の一部分を喰《く》ひ破《やぶ》つた。

『音《おつ》ちやんは豆を煮てゐた』校定全集第三巻

知多半島は細長い半島で緩やかな丘陵からなっている。三方を海に囲まれ、夏は潮風によって涼しく、冬は比較的温暖な気候に恵まれ、江戸の昔から蜜柑栽培が盛んであった。どこの家でも庭の片隅には当たり前のように蜜柑の木があった。

物語『音《おっ》ちゃんは豆を煮てゐた』は、南吉が安城高女で教鞭をとった二年目、「哈爾《ハル》濱《ビン》日日新聞」掲載のために執筆された。ふるさとを題材にして、子どもの頃に遊んだユキちゃんと心を通わせた微《かす》かで鮮烈な思い出が書かれた。

「まだ熟さない蜜柑」に象徴されるようにユキちゃんとは言葉すらかわすことなくある時期を境に縁が断ち切れた。

もう誰も音《おっ》ちゃんとは呼ばない年齢になり、すでに一つの恋愛に失敗していた音次郎だった。不況で生活してゆくことの苦しみも十分知らされていた。そんな音次郎が木枯らしの吹く寒い午後、ふいにユキちゃんの記憶が鮮やかに蘇ってきたのだった

未熟な果実、少女の細い指、といったいかにも初々しいイメージとは真反対に、脂ぎったどす黒い緑、皮の一部分を食い破った、といった荒々しさの中に、あどけなさに見え隠れする強《したた》かな生命力が感じられる。あるがままを生きる少女の生きざまは憧れにも似て、音次郎（南吉）の意識の下で心に深く刻まれていた。

名古屋に育った筆者は、蜜柑といえば店頭に並ぶ粒の揃った艶やかな黄色を思い浮かべる。体験したわけではないが、朝もいだばかりの未熟な果実のキュッと身体の引き締まるような感覚はレモンのそれにも通ずる思いがする。

ひとつの果実についてこれほどまでの緻密な書きぶりは南吉の他の作品には見られな

い。それは蜜柑が知多半島に育った南吉にとってはいかようにも表現できる見慣れた当たり前の木の実であったからかもしれない。

山田孝子

植物解説　蜜柑

ふつう秋から冬の間に食される果物だが、品種改良や農業技術、あるいは冷凍保存技術の進歩によって、今では初夏でも、いや一年中賞味できるようになった。

蜜柑は、林檎や梨とは異なる独特の構造をしており、植物学的に見ても非常に興味深い。まず、皮を剥くのにナイフはいらない。熟して黄色くなった皮（外果皮）は手で簡単に剥くことができる。外果皮の下にはふつう白くて柔らかいスポンジ質（中果皮）があるが、他のかんきつ類と比べると、蜜柑の場合あまり発達していない。白い筋のようなものが袋についているが、これは維管束といって、水分や養分を地中から組み上げ末端の組織まで運ぶいわば血管のようなもの。

次に薄い皮質の袋（内果皮）があって、それを私たちは賞味するのであるが、この袋の中に、果汁を含んだたくさんの毛と種子が含まれている。驚いたことに、私たちは、蜜柑という果物の中に発生して成長した無数の毛を口にし、毛に含まれた果汁を賞味しているわけである。（堀田）

柿

つややかな皮をうすく剝《む》くと、すぐ水分の多い黍色《きび》の果肉《かにく》があらはれて來さうな形のよい柿である。皆はそれを百匁柿《ひやくめ》といつてゐる。この邊でとれる柿のうちではいちばん大きいうまい種類である。音次郎君の家の廣い屋敷には、柿や蜜柑やざくろなど、子供のほしがる果物の木がたくさんある。音次郎君が奇妙な少年であるにもかかはらず、友達が音次郎君のところへ遊びにゆくのは果物がもらへるからだ。

『川〈B〉』校定全集第二巻

薬屋の子の音次郎、森医院の徳一君、ほらふきの平太郎君、久助君、少年四人が川の縁まで来た時、薬屋の音次郎君がポケットの中から大きな百匁柿を一つ取り出し、こう言った。

「川の中にいちばん長くはいっていた者に、これやるよ」

何もない時代、友達同士が仲良くおもしろく時をすごしたころの話。音次郎君の家の広い屋敷には、柿やみかん、ざくろなど子供がほしがる果物の木がたくさんある。音次郎君がポケットから取り出した大きな柿も屋敷でなった柿だ。川にはいる賞品として申し分なし。柿は食べたいが夏場ならともかく柿のみのる秋も末に近いとなれば水の冷たさは澄んだ色にも出ていた。森医院の徳一君がズボンのバンドをゆるめた。久助君もおくれてはならぬとパンツを脱いでしまうと、へんに下が軽くなった。風が素足にひえびえとした冷気をつたえた。賞品をとったのは、ほらふきの平太郎君だった。だが徳一君、久助君が川からあがってても平太郎君はあがってこなかった。また学校に来ることもなかった。

作品『川』の中の少年たちの会話はどこかで録音してきたかというほど自然そのもの。作品は南吉のはじめての童話集『おぢいさんのランプ』の巻頭にいれられた。

昭和十七年五月二十五日の日記にこんな一文がみえる。

いぼたの花。柿の花、小さい壺のやうな。

田邊 實

植物解説　柿

落葉高木で、初夏に黄緑色の目立たない花が咲き、秋には実が橙色に熟し食べられる。昭和二十〜三十年頃の農家では、屋敷の裏庭には必ず一〜二本の柿の木があった。稲刈りや脱穀の頃、休憩した時みんなで落花生（じ豆）や蒸し芋、柿などを食べたことが懐かしく思い出される。その当時の柿は、ヤマガキやフデガキが多く、大きさは鶏卵よりひと回り大きいくらいであった。果肉には黒褐色の紋、いわゆるゴマが多く入っていた。しかし、時々ゴマのない渋柿もあり、一口食べると口中に渋みが広がり、すぐ吐き出しても渋い感じが残った。何度も水で口をゆすいだものである。

柿の木は折れやすいから、木に登って実をとらないように、よく注意された。そこで竹竿の先を割って、木の棒を入れY字状にして、実がなっている細枝をねじり折って、柿の実をとったものである。（稲垣）

椋

それは秋のこと――。丁度尋常五年の今頃だつた。いつもの様に、背戸川の堤の上に青々と繁つて高く突き立つて居る椋の木に登つて、繁と、正彦と、勝次と、それから僕との四人は樂しく遊んで居た。

背戸川は長い照りでかんからだつた。川上の方からころがつて來た小さな圓い礫が一ぱい敷きつめてゐる上を、赤とんぼが可愛い影を落しながらスイスイと飛んでゐた。

皆は何事も忘れて、ただ椋の實を採る事に夢中だつた。

『椋の實の思出』校定全集第二巻

児童文学者で『校定新美南吉全集』（本巻十二巻別巻二）の編集委員を務めた鳥越信は、新美南吉を評して、「まれにみる早熟な文学少年」とし、分岐点を昭和六年とした。作品『椋の実の思出』は昭和三年に書かれているのでそれ以前になるが、もうこの段階で執筆の約束ごとを知っているそのことに驚かされる。作品は、半田中学の学友会誌「柊陵」に発表された。原稿用紙二枚とはいえ手書きの原稿が活字となったよろこびは大きかったにちがいない。芥川龍之介のはじめての文章が東京府立第三中学校の学友会誌であることも興味深い。

鳥越信が早熟としたのは、南吉が中学の時期に自身の才能、ねうちに気づいているそれを言うのではないか。十三、四で作家を夢見るだけでなく「作文草稿帳」を用意し、投稿雑誌に目くばせする。その「意気」こそ南吉の真骨頂である気がする。

南吉は後になって勝次が登っていった椋のことを日記（昭和十一年一月二十三日）に記している。

私たちの幼なかりし頃のモニュメントともいうべき大木がいつのまにかかきられてしまっていることは寂しいことであった。

あるはずのところにない。その喪失感の大きさは体験した者にしかわからない。それでも南吉の日記にある「かきられて」の五文字は、南吉のくやしさの底にある無念さを今に伝えてくれる。いのちが消されたかなしみ。

斎藤卓志

植物解説 椋

ムクノキは山に生えるにれ科の落葉高木で、樹高は十メートル太さ一メートル以上になる。屋敷林や神社の森の木としても植えられている。葉は卵形、縁はギザギザで先はとがり、ケヤキの葉よりひと回り大きい。表面はざらざらしている。その葉を日陰で乾燥させ、ソロバンの軸を磨いて、玉の滑りをよくしたり、漆器の木地を磨くのに使われたりしていた。漆を塗った後、トクサの茎で粗磨きをし、ムクノキの葉で仕上げ磨きをしていた。いろんな物を磨き表面を剝いたので、ムクノキの名前がついたともいわれている。

葉のつけ根になる実は、小指の爪程の球形で、初めは緑色である。十月頃になって、黒く熟すと食べられる。ムクドリやヒヨドリが好んで食べているが、甘みがあるので、以前は子どもたちも食べていた。（稲垣）

陸稲

女は二十四か五に見えた。垢じみためいせんの着物をきて、素足にフエルト草履をつつかけてゐた。髪は手入れを怠り陽に透いて赤く見える縺《ほつ》れ毛が澤山あつた。(中略)

と、突如、パンと破裂する音がしたかと思ふとバスは道中《みちなか》で急停車した。「ちえつ」運轉手はいまいましさうに舌打ちして修繕用の道具を取り出し、車を下りていつた。

左手は松原續きの向ふが海、右手は乾いた陸稲の畑續き。

『螢いろの灯《ひ》』校定全集第六巻

小説『螢いろの灯《ひ》』は、C半島の南端まで行くバスが今発車しようとした時、一人の若い女が慌てて乗りこんで来たという場面からはじまる。陸稲はC半島南端——前後の文脈から知多半島をさすと推察——の風景として顔を出す。昭和十一年十一月の作ということから言えば、現地を取材してというより心象で書いた一文だろう。知多半島は、半島の背骨をつらぬくようにのびる丘陵からなる。愛知用水完成前は、水利に不自由した溜池地帯であった。

「白い砂浜のつづく岬、白い渚、海岸の松原、田んぼ、そして松の山」

こう書いたのは知多郡美浜町大字河和を自身のふるさととする『知多半島を読む』の著者木原克之である。木原は、松山と海岸の汀との間が平らな陸地であり、田畑だと説明する。海は三河湾である。どんな市町村史の文章よりも膚になじむ郷土人による郷土の描写になっている。木原は江戸期の農書『百姓伝記』を読み込み、ふるさとの生活を支えた畑作をこう読み解いてみせた。

「畑は年三作、小麦大麦が冬から春、そのあと夏作が大豆、小豆などの豆類と粟きび稗木綿陸稲で、秋作が菜、大根、そば」

南吉が屋根つくろいにいった日の日記（昭和四年八月三十日）は、木原のその記述とも符号する。

「夕方屋根の上から四方を見渡した時の氣持ちのよさ！青いもや。白い犬。はたいね。葉雞頭」

はたいね、とは畑の稲、陸稲をいう。

斎藤卓志

植物解説 陸稲

稲は田んぼで育てる。田んぼに水をはり、苗床で育てた稲を春になって田植えする。稲はやがてたわわに実り、秋に稲刈りして収穫する。この一連の水稲方式が、弥生時代から今日までずっと続いている。

陸稲は、それよりもっと古い歴史を持つ栽培方式と思われる。おそらく、今も東南アジアで点々とみられる焼畑農業の流れをくんだ直播《じかまき》方式ではないだろうか。

植物学的には、水稲も陸稲も違いはない。実際に比較した結果では、陸稲の方が背丈は大きく、葉身が長大、粒も少し大きめになるが、おいしさの点では、水稲よりかなり劣るといわれる。

とはいえ、治水の問題があって、どうしても水稲にできない地域では、陸稲に頼らざるを得ないであろう。

「今から四十年ほど前、〝おかぼ〟(陸稲)を栽培していた人がいた」と、南吉が住んでいた安城の知人が教えてくれた。(堀田)

綿

火をくべてくれる婆さんから
綿の話をきいた
私はあつたかい五右ェ門風呂に
ひたりながら竈の外へ火がちろりちろりと
出るのを見ながらきいた
（中略）
翅の弱つたこほろぎが土間の隅で
絶え絶えに鳴いてるる夜に
婆さんから綿の話をきくのは
聞くさへあたたかに懐しい

〈詩〉「綿の話」校定全集第八巻

南吉が女学校の先生だったころ安城でつくられた詩の一つ。三河弁で婆さんが昔話をし、それを風呂の中で聞いている。この地方は三河木綿の産地で多くの農家が綿をつくっていた。花はクリーム色で、夕方には紅色に染まりしぼんでしまう。秋には実がポッポッと弾け、なかの白い綿が見える。その実を乾燥し糸に紡いで織っていた。

詩がつくられた頃の南吉の日記から、下宿の風呂で話を聞いたと思われる。婆さんの名は〝まつ〟で、当時六十三歳であった。嫁いだ家は農家ではなかったので機織りはしなかったが、若い頃に織った木綿は大切に使ったという。この家は五右衛門風呂だったが、近くの農家とは違ってガラス戸で仕切られた脱衣所があった。風呂桶の周囲は簀の子が置かれて、簀の子の上で身体を洗うのだ。まつが腰をかけ火をくべていたが、稲わらを火種やまきの代わりに使っていたそうだ。話は窓ごしにした。

『ごん狐《ぎつね》』の一章の初めに「これは、わたしが小さいときに、村の茂平というおじいさんからきいたお話です」とある。南吉はお年寄りから昔話を聞くのが好きだったのだろう。風呂で聞く昔話は南吉を幼い日々へと誘ったのかもしれない。まつは昭和十八年八月に南吉と同じところへ旅立った。向こうでも三河弁でいろいろ話を聞かせているのだろうか。

昭和十四年の頃、風呂は玄関の東側にあった。井戸には近いが桶で水を運ばなければならない。子供である敬や豊の仕事だったそうだ。大変な手伝いだが時々は風呂の火でさんまを焼いてもらって食べたと聞いた。さんまの目にしっぽを通し輪にして焼くのだそうだ。敬が「大人になってもあのうまさは忘れられん」とよく言っていた。

大見まゆみ

植物解説

綿

アオイ科ワタ属の多年草で、世界各地の熱帯、亜熱帯地域を原産とし、多くの種類がある。いずれにも共通する特徴は、子房が発達して形成される朔果《さくか》の、内部の種子表面から白い綿毛が生じることで、人はこれを繊維（綿・木綿）として利用する。

ワタの生育には高温（平均気温摂氏二十五度程度）と年間降水量千〜千五百ミリメートル程度が必要で、開花期には乾燥が欠かせない。

春に種を播くと二か月ほどで蕾がつき、開花する。開花してから四十〜四十五日後に朔《さく》果《か》が割れ、中の繊維質が出てきて収穫時期になる。南吉が住んだこの地方でも、ワタが栽培されている畑を見かけるので、南吉がワタの栽培風景を目撃したことは疑いがない。

今の日本では、「綿」はワタからとれた木綿を指すが、戦国時代に木綿綿が普及する以前の古代や中世では、蚕の繭からとれた絹の真綿を意味していたという。（堀田）

おわりに

「牛に引かれて善光寺まいり」という諺があるが、私にとってはまさにぴったりの心境である。

安城市が取り組んだ新美南吉生誕百年記念事業の一環でたまたま巡り合った人たちと、まさか著作に挑戦しようとは想像だにしなかった。きっかけは何であれ、右往左往しながらも、七人の仲間が善光寺ならぬ「出版」を目指すことになった。しかしながら、それぞれの力量や思惑の違いもあって足並みを揃えての前進がことのほか難しく、気が付けば三年の月日があっという間であった。行けども到達点ははるか、まさに牛歩となってしまった。

ちなみに新美南吉は丑年生まれである。安城高女で担任した生徒たちも丑年生まれ。当時、働く黒牛はこの町の風景でもあった。安城の地で南吉は「牛」を多くの作品に著わした。南吉と牛はとても深い縁があるように感じられる。

そんな関わりを初めから意識したわけではなかったが、仲間の歩調と総意を一義とし、反芻しながらのんびり草を食むごとく、牛の一歩を重ねてきた。長いみちのりであった。今、ここに出版できたことは心よりの喜びである。それは安城への限りない郷土愛と、この地で夢をかなえた童話作家新美南吉への敬意と熱意を持ち続けてきた私たちへの賜物なのだとしみじみ思う。

植物解説と写真提供を担当していただいた堀田喜久・稲垣英夫先生と、長きにわたり辛抱強く私たちの歩みを支えて下さった風媒社の林桂吾さんに、改めて深く感謝申し上げます。

山田孝子

平成二十九年十二月

斎藤卓志

素顔の新美南吉

避けられない死を前に

「ごん狐」「でんでんむしのかなしみ」で知られる童話作家・新美南吉。残された膨大な日記・手紙を丹念に読み解き、〈人としての原点を求めつづけた〉南吉の知られざる生きざまを描く。生誕一〇〇年記念出版。

二二〇〇円＋税

斎藤卓志

生きるためのことば

いま読む新美南吉

「言葉を育て、言葉に育てられた人」新美南吉の日記や書簡を中心に遺された言葉を丹念に追うことで、南吉＝「ごん狐」のイメージを取り払い、いまなお新しい童話作家の尽きせぬ魅力を描き出す。

二〇〇〇円＋税

小松史生子 編著

東海の異才・奇人列伝

徳川宗春、唐人お吉、福来友吉、熊沢天皇、川上貞奴、亀山巌、江戸川乱歩、小津安二郎、新美南吉…なまじっかな小説よりも面白い異色人物伝。芸術、芸道、商売、宗教、あらゆる人間の生の営みの縮図がここに！

一五〇〇円＋税

［編著者］
安城南吉倶楽部
2011年10月に開講した安城市中部公民館講座「おとなが読む新美南吉の世界」の受講者のなかから、継続して新美南吉を研究・調査した安城市民7人の集まりである。

装幀／三矢千穂

新美南吉と花木たち

2018年3月22日　第1刷発行　（定価はカバーに表示してあります）

編著者　安城南吉倶楽部
発行者　山口　章

発行所　名古屋市中区大須1丁目16番29号
電話 052-218-7808　FAX052-218-7709
http://www.fubaisha.com/
風媒社

乱丁・落丁本はお取り替えいたします。　＊印刷・製本／シナノパブリッシングプレス
ISBN978-4-8331-2098-2

［執筆者］

大見まゆみ（1957 年生まれ） 南吉が安城で下宿していた家の嫁

斎藤卓志　（1948 年生まれ） 日本民俗学会員

澤田喜久子（1943 年生まれ） 新美南吉に親しむ会代表

杉浦正敏　（1952 年生まれ） 精神科医・神谷美恵子に好感、南吉には無関係だった安城市民

田邊 實　　（1940 年生まれ）大阪在住の頃は金子みすゞのファン、安城に戻り南吉のファンに

山田孝子　（1944 年生まれ） 南吉作品に親しんで 40 年

渡邊清貴　（1955 年生まれ） 安城市の南吉まちづくりで関心を持つ

［植物解説執筆者］

稲垣英夫　（1944 年生まれ） 安城市内小中学校教員を経て、安城の樹木調査、観察会をおこなう〈写真提供〉

堀田喜久　（1942 年生まれ） 日本シダの会会員、西三河野生生物研究会副会長

新美南吉の作品に登場する植物一覧（あいうえお順）

花の部	巻数	作品名
朝顔（あさがお）	2	赤蜻蛉
あざみ	3	花のき村と盗人たち
紫陽花（あじさい）	1	良寛物語　手毬と鉢の子
	8	瀧しぶき
	8	紫陽花や
あぢさゐ	2	ごんごろ鐘
	8	さく葩の
	8	大きすぎて
アネモネ	9	紙上ハイキング
あやめ	3	百姓の足、坊さんの足
	9	古安城聞書
浮草の花（うきくさのはな）	5	鴛鴦
うつぎ	3	花のき村と盗人たち
	8	霧雨を
	8	花うつぎ
梅（うめ）	6	父
	7	古女房
	9	ガア子の卒業祝賀会
えにしだ	3	和太郎さんと牛
	4	ひよりげた
尾花（おばな）	5	決闘
	8	花
女郎花（おみなえし）	8	花
かきつばた	3	百姓の足、坊さんの足
からたちの花	7	〈断簡〉『午後七時。』
木苺の花（きいちごのはな）	1	良寛物語　手毬と鉢の子
	3	和太郎さんと牛
菊	3	音ちゃんは豆を煮てゐた
	5	塀
	6	小さい薔薇の花
	6	鯛造さんの死
	8	歸鄕
	8	冬の朝
	8	佳き人を
	8	籾干しの
	8	大陸に
	8	十八連隊
	8	菊枯れて
寒菊（かんぎく）	8	寒菊や

きくいもの花	8	バスゆれて
くらら	9	「羊歯」さん
栗の花（くりのはな）	8 9	月明の 紙上ハイキング
クローバー	7	〈無題〉『菜種の』
鶏頭（けいとう）	8	硝子ノ歪ミ
罌粟（けし）	3	屁
ケシ	4	ヒロツタ　ラツパ
こぶしの花	6	盆地の伴太郎
胡麻の花（ごまのはな）	8	遠雷に
櫻（さくら）	2 4 7 7 9	おぢいさんのランプ 里の春、山の春 大人の童話 蝶 病む子の祭
さくら	8	古ぶり
ざくろ	4	大岡越前守
山茶花（さざんか）	3 6	百姓の足、坊さんの足 小さい薔薇の花
百日紅（さるすべり）	8	花
サルビヤ	2	嘘
紫苑（しおん）	5	決闘
紫蘇の花（しそのはな）	8	少女ぶり
芍薬（しゃくやく）	6 8	芍藥 心うつろなるときのうた
しやくやく	8	水蓮の花を
菖蒲（しょうぶ）	3	百姓の足、坊さんの足
白百合（比喩）	6	盆地の伴太郎
スヰートピー	6	百牛物語
水蓮（すいれん）	5	鴛鴦
雀の簪（すずめのかんざし）	6	自轉車物語
菫（すみれ）	1 8 8 8	良寛物語 合唱 早春の道 小さな星
すみれ	1 8	良寛物語　手毬と鉢の子 水ぐるま
蕎麦の花（そばのはな）	1 7	良寛物語　手毬と鉢の子 古女房
竹の花（たけのはな）	8	病む生徒
橘の花（たちばなのはな）	3	鳥右ヱ門諸國をめぐる
たんぽぽ	7	〈無題〉『菜種の』

（2）　新美南吉の作品に登場する植物一覧

ダリア	8	空屋
茶の花（ちゃのはな）	8	茶の花や
チユーリツプ	4	チユーリツプ
	7	〈無題〉『だんだら模様の』
	9	〈無題〉『第一場　東京市郊外に』
	9	紙上ハイキング
つつじ	3	和太郎さんと牛
椿（つばき）	2	ごんごろ鐘
	2	おぢいさんのランプ
	2	牛をつないだ椿の木
	8	輪まわし
	8	〈無題〉『けふは椿も』
	9	病む子の祭
	9	古安城聞書
つばき	8	泣いてく子
	8	乳母車
ツバナ	6	百牛物語
デージイ	8	デージイ
菜種（なたね）	3	家
	7	童話
	7	〈無題〉『菜種の』
	9	病む子の祭
ナタネ	4	ウマヤノ　ソバノ　ナタネ
菜の花（なのはな）	2	おぢいさんのランプ
	3	和太郎さんと牛
	8	雨後帛興
	8	日暮〈C〉
なの花	4	仔牛
南天の花（なんてんのはな）	8	花火
匂ひすみれ（においすみれ）	8	逝く春の賦
	8	宿
葱の花（ねぎのはな）	8	蜜蜂
	8	山かげの
合歓の花（ねむのはな）	1	良寛物語　手毬と鉢の子
	7	青木太郎と竹洋燈
	8	合歓の花
	8	瀧の音
野薔薇（のばら）	2	嘘
	9	紙上ハイキング
のばら	8	〈無題〉『月の出る頃あ』
萩（はぎ）	8	花
蓮の花（はすのはな）	8	春風

花菖蒲（はなしょうぶ）	3	花のき村と盗人たち
薔薇（ばら）	3	お母さん達
	6	小さい薔薇の花
	7	山の中
	8	カタカナ幻想
	8	童謡
	8	雲〈A〉
	8	薔薇の
	8	五月の薔薇
	8	水ぐるま
	8	手を出せば
	8	佳き人に
	8	いくたびも
	8	講堂に
	8	けどほさや
	8	うすら陽に
	8	冬薔薇　（注：二句あり）
	8	けどほさや
	9	〈断簡〉『として巡行して』
ばら	8	冬の朝
バラ	9	ラムプの夜
柊の花（ひいらぎのはな）	3	鳥右ヱ門諸國をめぐる
	8	柊の花や
彼岸花（ひがんばな）	2	中秋の空
ひがん花	3	ごん狐
菱の花（ひしのはな）	8	鮒
ヒヤシンス	9	紙上ハイキング
枇杷の花（びわのはな）	3	鳥右ヱ門諸國をめぐる
	8	枇杷の花の祭
蕗の薹（ふきのとう）	6	父
蕗のとう	4	落した一銭銅貨
藤の花（ふじのはな）	2	嘘
芙蓉（ふよう）	8	花
ぷりむら	8	〈無題〉『ぷりむらの』
	8	ぷりむら
鳳仙花（ほうせんか）	8	土熱し
坊主花（千日草の方言）	8	花
牡丹（ぼたん）	3	鳥右ヱ門諸國をめぐる
	8	仔牛
ぼたん	4	こぞうさんの　おきょう
蜜柑（みかん）	4	うまれて　來る　雀達
木犀の花（もくせいのはな）	5	鴛鴦

(4)　新美南吉の作品に登場する植物一覧

桃の蕾（もものつぼみ）	8	春風
桃の花	4 7	大岡越前守 大人の童話
やえざくら	4	はな
矢車草（やぐるまそう）	2 8	貧乏な少年の話 水ぐるま
百合（ゆり）	8 8 8	裏に咲く 瀧のもとに 硯師の
蘭（らん）	2	疣
蓮華（れんげ）	7	大人の童話
れんげ	4	大岡越前守
れんげう	3	和太郎さんと牛
げんげ	8	暮春
綿の花（わたのはな）	2	耳

木の部	巻数	作品名
青桐（あおぎり）	5	除隊兵
あをぎり	3	正坊とクロ
梧桐（ごどう）	5	川〈A〉
アカシア	7	〈断簡〉『て逐には』
赤芽樫（あかめがし）	6	小さい薔薇の花
無花果（いちじく）	2 5 8	中秋の空 雀 バスすぎて
いちぢくの木	3	ごん狐
銀杏（いちょう）	7	〈断簡〉『ふ。何故ならば』
乳樹 （ちちのき、イチョウの方言）	9	編輯メモ〈A〉
大公孫樹（おおいちょう）	1	良寛物語　手毬と鉢の子
茨（いばら）	2	川〈B〉
いばら	3	鳥右ヱ門諸國をめぐる
野茨（のいばら）	3	花のき村と盗人たち
烏臼（うきゅう）	5 6 8 8 9	雀 山から來る少年 病氣がなほつた日 落葉 職員室近況極あらまし
五加（うこぎ）	4	大岡越前守
うこぎ	8	大東亞戰爭勃發の日
梅（うめ）	1 3	良寛物語　手毬と鉢の子 鳥右ヱ門諸國をめぐる

梅（うめ）	5	登つていつた少年
	6	父
	7	自殺宣言
	8	色紙
	8	成岩をすぎてうたへる
	8	少女らの
	9	春は梨畑から野道を縄跳びして來た話
えにしだ	2	牛をつないだ椿の木
	3	和太郎さんと牛
	4	ひよりげた
榎（えのき）	3	家
	4	大岡越前守
柿（かき）	1	良寛物語　手毬と鉢の子
	2	川〈B〉
	2	小さい太郎の悲しみ
	3	花のき村と盗人たち
	3	鳥右ヱ門諸國をめぐる
	4	大岡越前守
	5	除隊兵
	6	鯛造さんの死
	6	天狗
	8	水ぐるま
樫（かし）	6	名無指物語
枳殻（きこく、からたち）	6	帰郷
	7	風車〈A〉
	7	蝶
	8	牝牛
	8	枳殻の
からたち	7	風車〈A〉
	8	月の道
	8	淡雪
	9	病む子の祭
きこく	8	ひる〈B〉
落葉松（からまつ）	6	一枚の葉書
	8	熊
	9	〈断簡〉『第三場　断崖の下』
夾竹桃（きょうちくとう）	2	貧乏な少年の話
	8	ひるともす
きんかん	8	裏庭
	8	雪ちらちら
	9	病む子の祭
金木犀（きんもくせい）	8	指

(6)　新美南吉の作品に登場する植物一覧

楠（くす）	5	塀
	5	鞠
	6	芍薬
	7	風車〈B〉
梔子（くちなし）	2	貧乏な少年の話
	8	雨はれて
	8	梔子や
	8	夕やみに
	8	梔子の
	8	雨はれて
櫟（くぬぎ）	6	盆地の伴太郎
くぬぎ	6	盆地の伴太郎
茱萸（ぐみ）	1	良寛物語　手毬と鉢の子
	8	線香花火
ぐみ	9	〈断簡〉『学校はかなり』
胡桃（くるみ）	8	創生記
	8	雨の降る夜に
	9	〈断簡〉『しづかな村』
呉竹（くれたけ）	8	〈無題〉『石よ』
桑（くわ）	2	ごんごろ鐘
	2	小さい太郎の悲しみ
	2	疣
	3	銭
	5	除隊兵
	6	無題『北側の』
	6	帰郷
	8	桑畑の灯
	8	鳶凧
	8	水ぐるま
	8	河原が
月桂樹（げっけいじゅ）	2	巨男の話
欅（けやき）	3	銭
	4	チューリツプ
けやき	4	大岡越前守
櫻（さくら）	1	良寛物語　手毬と鉢の子
	2	貧乏な少年の話
	3	家
	4	里の春、山の春
	6	鮒造さんの死
	6	天狗
	7	蝶
	7	古女房

櫻（さくら）	8	櫻芽ぶき
サクラ	4	センセイノ　コ
葉櫻（はざくら）	2	貧乏な少年の話
石榴（ざくろ）	1	良寛物語　手毬と鉢の子
ざくろ	2	川〈B〉
山茶花（さざんか）	2 8	疣 駱駝
山椒（さんしょう）	8	山に山椒
椎（しい）	9	病む子の祭
柴（しば）	1 3	良寛物語　手毬と鉢の子 鳥右ヱ門諸國をめぐる
シベリア樅（もみ）	8	苔人形
棕梠（しゅろ）	5	塀
白樺（しらかば）	8 8 8 9	苔人形 干鮭吊して びつしりと 〈断簡〉『第三場　断崖の下』
樺（かんば、白樺の別称）	8	碧き眼に
杉（すぎ）	1 2 3 4 5 7	良寛物語　手毬と鉢の子 中秋の空 鳥右ヱ門諸國をめぐる 大岡越前守 〈無題〉『中學二年生の時』 山の中
栴檀（せんだん）	5	〈無題〉『中學二年生の時』
せんだん	2 5 8 9	海から帰る日 塀 ひかる ガア子の卒業祝賀会
泰山木（たいさんぼく）	6	螢いろの灯
竹（たけ）	1 2 3 3 3 3 3 5 6 6 6 6	良寛物語　手毬と鉢の子 赤蜻蛉 百姓の足、坊さんの足 花のき村と盗人たち 鳥右ヱ門諸國をめぐる 最後の胡弓弾き 家 鞠 山から來る少年 父 鯛造さんの死 天狗

竹（たけ）	7	古女房
	7	道
	7	〈無題〉『常夜燈の下で』
	8	竹影
	8	若竹
	8	宿
	8	ひらがな幻想
	8	書闌（た）くる
	8	青竹の
	8	涼しさや
	8	若竹や
	8	若竹の
	9	病む子の祭
	9	古安城聞書
篁（たけ）	8	篁（たけむら）にひるの
	8	風呂たてゝ
	8	目に追いし
	8	篁に
	8	風呂たてて
	8	目に追ひし
たけ	4	ひよりげた
タケ	4	タケノコ
笛竹（ふえたけ）	3	花のき村と盗人たち
茶（ちゃ）	2	耳
	8	われ病めば
黄楊（つげ）	7	風車〈A〉
つた	1	良寛物語　手毬と鉢の子
椿（つばき）	1	良寛物語　手毬と鉢の子
	2	小さい太郎の悲しみ
	2	牛をつないだ椿の木
	3	音ちやんは豆を煮てゐた
	6	蛍いろの灯
	9	〈断簡〉『学校はかなり』
	9	古安城聞書
ツバキ	4	ウグヒスブエヲ　フケバ
どうだん	8	どうだんに
	8	春陽し
橡（とち）	2	小さい太郎の悲しみ
梨（なし）	7	ヘボ詩人疲れたり
	8	青梨
	8	道の埃
	8	梨

梨（なし）		春は梨畑から野道を縄跳びして來た話
夏蜜柑（なつみかん）	5 6 6	塀 父 無題『北側の』
棗（なつめ）	5	雀
楢（なら）	8	木つつき
南天（なんてん）	5	雀
なるてん	8	ひる〈B〉
につき	5	川〈A〉
肉桂（にっけい）	2	疣
楡（にれ）	2 5 8 9	貧乏な少年の話 丘の銅像 葬式 〈無題〉『第一場　東京市郊外に』
にれ	5	丘の銅像
接骨木（にわとこ）	5	塀
にはとこ	6	盆地の伴太郎
猫柳（ねこやなぎ）	2	ごんごろ鐘
合歓（ねむ）	7 7 8	らむぷを捨てる 山の中 ごろぜみ
ねむの木	8	からす
のうぜんかづら	7	山の中
萩（はぎ）	3	ごん狐
花のき	3	花のき村と盗人たち
榛の木（はんのき）	2 2 6	おぢいさんのランプ 中秋の空 鯛造さんの死
はんの木	3	ごん狐
ハンノキ	4	ゲタニ　バケル
柊（ひいらぎ）	2 3 7	牛をつないだ椿の木 鳥右ヱ門諸國をめぐる 〈無題〉『常夜燈の下で』
檜（ひのき）	3 7	最後の胡弓弾き 〈無題〉『だんだら模様の』
桧（ひのき）	7	山の中
檜葉垣（ひばがき）	5	決闘
枇杷（びわ） 枇杷（びわ）	5 6	雀 空気ポンプ
ヒマラヤシーダ	2	貧乏な少年の話
ヒマラヤ杉	9	〈無題〉『××伯爵邸内』
百メ柿（ひゃくめがき）	8	屋根葺の

藤（ふじ）	2 5 6 8	疣 川〈A〉 芍藥 びつこの小鳥
ぷらたなす	7	〈断簡〉『ひ　が　くれる』
ポプラ	2	中秋の空
槇（まき）	2 2 3 3 5 6 6 7 8	草 狐 花のき村と盗人たち 錢 塀 螢いろの灯 芍藥 道 庭の隅
松（まつ）	1 2 2 2 2 2 2 2 2 2 3 3 3 3 3 3 3 3 6 6 6 6 7 8 8 8 8	良寛物語　手毬と鉢の子 噓 ごんごろ鐘 おぢいさんのランプ 小さい太郎の悲しみ 草 狐 耳 疣 錢坊 和太郎さんと牛 花のき村と盗人たち 鳥右ヱ門諸國をめぐる 最後の胡弓弾き 音ちやんは豆を煮てゐた 屁 家 錢 螢いろの灯 自轉車物語 百牛物語 無題『北側の』 〈無題〉『石工の九吉は』 三年前のノートから 淺春感傷 早春の賦 庭の隅

松（まつ）	8	若松林
	8	流れに寄せる
	8	水ぐるま
	8	お伽噺
	8	ステツキに
	8	松の
	9	春は梨畑から野道を縄跳びして來た話
	9	ラムプの夜
マツ	4	カゴカキ
マロニエ	8	むかし　パリーの
蜜柑（みかん）	2	川〈B〉
	2	貧乏な少年の話
	2	草
	2	狐
	2	中秋の空
	3	花のき村と盗人たち
	3	錢
	5	塀
	7	風車〈A〉
	7	古女房
	7	〈無題〉『兄ちやん、来たあぞ』
	8	蜜柑畑
みかん	8	裏庭
椋（むく）	2	椋の実の思出
木槿（むくげ）	8	玉ほこの
	8	たまほこの
むくげ	3	百姓の足、坊さんの足
紫丁香花（むらさきはしどい）	7	騙された羊飼
孟宗（もうそう）	6	父
木犀（もくせい）	5	鴛鴦
	8	月は
木蓮（もくれん）	7	ヘボ詩人疲れたり
樅（もみ）	2	手袋を買ひに
	5	坑夫
	8	木つつき
紅葉（もみじ）	1	良寛物語　手毬と鉢の子
	9	職員室近況極あらまし
もみぢ	8	小鳥に
桃（もも）	2	ごんごろ鐘
	2	狐
	8	春風
椰子（やし）	2	巨男の話

やし	8	一れつ
柳（やなぎ）	2	おぢいさんのランプ
	4	大岡越前守
	8	鹿
山桃（やまもも）	7	〈無題〉『常夜燈の下で』
柚（ゆず）	9	紙上ハイキング
ゆすら梅	4	チユーリツプ
ゆすらうめ	4	チユーリツプ
林檎（りんご）	6	名無指物語
らふそくの樹（ろうそくのき）	9	古安城聞書

草の部	巻数	作品名
葦（あし）	2	疣
	3	烏右ヱ門諸國をめぐる
	3	銭
	4	大岡越前守
	5	塀
	8	色紙
	8	鴨の道
うど	8	籾殻を
うまごやし	3	花のき村と盗人たち
おほばこ	8	おほばこは
鬼ばす（おにばす）	9	古安城聞書
おにばす	9	古安城聞書
尾花（おばな）	1	良寛物語　手毬と鉢の子
	2	赤蜻蛉
かたばみ	8	三年前のノートから
	8	水ぐるま
萱（かや）	4	大岡越前守
かやつり草	2	牛をつないだ椿の木
芥子（からし）	8	象
きくいも	8	きくいもや
罌栗（けし）	7	風車 <B>
苔（こけ）	8	苔人形
	8	訪ね得し
	8	水車
櫻草（さくらそう）	9	ラムプの夜
笹（ささ）	6	父
砂糖黍（さとうきび）	5	雀
紫蘇（しそ）		しゞみ蝶〈A〉
紫蘇（しそ）	8	紫蘇干して
羊歯（しだ）	9	「羊歯」さん

しだ	2 3	牛をつないだ椿の木 ごん狐
芝（しば）	3 5 6 8 8 9	ごん狐 鴛鴦 百牛物語 息づかひ 朝まだき 〈無題〉『××伯爵邸内』
しばふ	8	嘆きぶし
芍薬（しゃくやく）	6	芍薬
シャボテン	6	帰郷
すかんぽ	3 3 6 8	花のき村と盗人たち 銭 自轉車物語 輪まわし
菅（すげ）	7	騙された羊飼
芒（すすき）	2 8 8	赤蜻蛉 夕方河原 からす
薄（すすき）	4 5	大岡越前守 決闘
すゝき	3	ごん狐
菫の葉（すみれのは）	1	良寛物語　手毬と鉢の子
ぜんまい	2	牛をつないだ椿の木
莨（たばこ）	8	陸稻
たばこ	8	ろびん・くるうそう
たんぽぽ	1 2	良寛物語　手毬と鉢の子 ごんごろ鐘
つくし	9	ラムプの夜
蔓草（つるくさ）	2	張紅倫
とくさ	8	春の電車
毒だみ（どくだみ）	5 8	雀 毒だみ
菜種（なたね）	8	蝶々（A）
野芹（のぜり）	3	銭
雁來紅（はげいとう）	2	久助君の話
繁縷（はこべ；方言）	8	仔牛
はこべら（方言） はこべら（方言）	1 8	良寛物語　手毬と鉢の子 童謡
芭蕉（ばしょう）	5 8	塀 雨蛙　　-ルナールまがひ-
蓮（はす）	3	百姓の足、坊さんの足

薄荷（はっか）	2	噓
	9	病む子の祭
花菖蒲（はなしょうぶ）	5	川〈A〉
	8	殿様蛙　- ルナールまがひ -
葉蘭（はらん）	8	こほろぎ
一つ葉（ひとつば）	8	一つ葉
蕗（ふき）	3	和太郎さんと牛
糸瓜（へちま）	9	職員室近況極あらまし
ぺんぺん草	1	良寛物語　手毬と鉢の子
	2	ごんごろ鐘
	8	幸福〈B〉
	9	私の世界
三味線草（ぺんぺん）	8	旅立つや
酸漿（ほおずき）	3	錢
ほうづき	3	錢
ほゝづき	3	錢
みそはぎ	5	川〈A〉
茗荷（みょうが）	8	百姓家
女竹（めだけ）	3	音ちやんは豆を煮てゐた
蓬（よもぎ）	3	音ちやんは豆を煮てゐた
龍舌蘭（りゅうぜつらん）	9	〈断簡〉『学校はかなり』
れんげさう	2	ごんごろ鐘
	8	四月のあさの
れんげ	8	流れに寄せる
	8	五月なかばの
	8	春日敍景
レンゲ	9	紙上ハイキング
紫雲英（げんげ）	7	麥次郎の遁走〈B〉
げんげ	8	臺臼のうた
	8	仔牛よい角
	8	水ぐるま
綿（わた）	8	綿の話
	9	古安城聞書
蕨（わらび）	6	芍藥

実の部	巻数	作品名
アヲサ	6	百牛物語
小豆（あずき）	2	おぢいさんのランプ
	2	疣
小豆（あずき）	3	音ちやんは豆を煮てゐた
	5	雀
稲（いね）	3	和太郎さんと牛

稲（いね）	6	帰郷
	7	風車 <B>
	8	〈無題〉『道の地蔵に』
	9	古安城聞書
芋（いも）	1	良寛物語　手毬と鉢の子
	2	耳
	3	ごん狐
	8	いとなみの
	9	自由を我等に
自然薯（「いも」と読む）	8	のどけさや
青梅（あおうめ）	5	雀
梅の實（うめ）	5	登つていつた少年
梅の種子	5	登つていつた少年
朱梅（しゅうめ）	8	道のべに
梅干（うめぼし）	9	〈無題〉『第一場　東京市郊外に』
ウリ	4	ガチヨウノ　タンジヨウビ
瓜漬（うりづけ）	9	職員室近況極あらまし
瓜の蔓（うりのつる）	6	自轉車物語
大麥（おおむぎ）	1	良寛物語　手毬と鉢の子
	2	貧乏な少年の話
	3	和太郎さんと牛
陸稲（おかぼ）	6	螢いろの灯
	8	陸稲
白粉の實（おしろいのみ）	9	病む子の祭
おんどろべ（草の實）	5	塀
柿（かき）	1	良寛物語　手毬と鉢の子
	2	川〈B〉
	3	花のき村と盗人たち
	3	鳥右ヱ門諸國をめぐる
	4	大岡越前守
	6	鯛造さんの死
	8	青柿の
南瓜（かぼちゃ）	1	良寛物語　手毬と鉢の子
榧の實（かやのみ）	1	良寛物語　手毬と鉢の子
辛子（からし）	8	赤狐
きのこ	2	ごんごろ鐘
茸（きのこ）	6	百牛物語
踊り茸（おどりたけ）	6	百牛物語
笑ひ茸（わらいたけ）	6	百牛物語
黍（きび）	8	裏のきび畑
きび	8	裏のきび畑
	9	古安城聞書

キヤベツ	8	月の道
キヤベツ（比喩として）	2	疣
胡瓜（きゅうり）	2	疣
きんかんの實	7	古女房
栗（くり）	3 8 9 9	ごん狐 蜂 病む子の祭 古安城聞書
胡桃（くるみ）	6 7	名無指物語 風車〈B〉
桑の實（くわ）	3	銭
高粱（こうりょう；コーリャン）	9	紙上ハイキング
苔（こけ・「乾いた苔」と表記）	8	庭の隅
胡麻（ごま）	8 8	綿の話 遠雷の
小麥（こむぎ）	2 8 8	貧乏な少年の話 雀の歌 小麥刈る
米（こめ）	5 9	塀 古安城聞書
蒟蒻（こんにやく）	1	良寛物語　手毬と鉢の子
さつま芋（いも）	3	ごん狐
里芋（さといも）	1 5	良寛物語　手毬と鉢の子 雀
さといも	9	古安城聞書
さやえん豆（どう）	9	私の世界
山櫨（さんしょう）の實	9	「羊歯」さん
芍子菜（しゃくしな）	6	父
西瓜（すいか）	1 2 2	良寛物語　手毬と鉢の子 貧乏な少年の話 疣
水瓜（すいか）	4 9	大岡越前守 自由を我等に
杉の果實 / 杉の實	2	中秋の空
せんだんの實	2	海から帰る日
蕎麥（そば）	5 8	川〈A〉 童話〈A〉
そば	9	古安城聞書
そらまめ	6	帰郷
大根（だいこん）	1	良寛物語　手毬と鉢の子
	3	屁
	5	除隊兵

大根（だいこん）	6 7 8	父 〈無題〉『喜作ははじめ』 大根の
大豆（だいず）	9	古安城聞書
筍（たけのこ）	1 3	良寛物語　手毬と鉢の子 和太郎さんと牛
タケノコ	4	タケノコ
玉葱（たまねぎ）	9	〈断簡〉『として巡行して』
椿の實（つばきのみ）	2 8	小さい太郎の悲しみ 綿の話
つる草（くさ）	5	川〈A〉
唐黍（とうきび）	7	風車〈A〉
唐きび（とう）	8	風とも
唐もろこし	3	花を埋める
橡の實（とちのみ）	4	大岡越前守
とまと	8	〈無題〉『とまと買ひきて』
トマト	7	風車〈A〉
とんがらし	3	ごん狐
梨（なし）	8 8	青梨 梨
なし	8	青梨
茄子（なす）	1 2 3 6 8	良寛物語　手毬と鉢の子 疣 百姓の足、坊さんの足 自轉車物語 こほろぎ
菜種（なたね）	3 3 6 7 7 7 8 9	家 錢 小さい薔薇の花 自殺宣言 童話 〈無題〉『菜種の』 春の電車 病む子の祭
なたね	4 4 4	仔牛 狐のつかひ こぞうさんの　おきょう
七草（ななくさ）	9	古安城聞書
南京豆（なんきんまめ）	6	鯛造さんの死
なんば	8	石臼の
人参（にんじん）	1 6	良寛物語　手毬と鉢の子 百牛物語

ニンジン	4	ガチヨウノ　タンジヨウビ
にんにく	6	父
葱（ねぎ）	5	塀
	6	父
	8	雨後昴興
ねぎ	8	ねぎ畑
野薔薇〈「種」を指している〉	8	葬式
馬鈴薯（ばれいしょ）	3	木の祭
	9	〈無題〉『第一場　東京市郊外に』
ひえ	9	古安城聞書
百匁柿（ひゃくめがき）	2	川〈B〉
ほうれん草	6	父
松毬（まつかさ）	1	良寛物語　手毬と鉢の子
松茸（まつたけ）	9	職員室近況極あらまし
	9	バイロンについて
松たけ	3	ごん狐
まつたけ	3	ごん狐
松葉（まつば）	1	良寛物語　手毬と鉢の子
	6	螢いろの灯
	8	冬ばれや
	8	寝たりたる
蜜柑（みかん）	2	狐
	3	音ちやんは豆を煮てゐた
	3	銭
	5	塀
	6	無題『北側の』
	7	古女房
	8	淋しきときハ
	8	〈無題〉『雪の降らんとする』
	8	冬〈A〉
	8	寂しさや
みかん	1	良寛物語　手毬と鉢の子
	6	父
	6	鯛造さんの死
	8	みかん
麥（むぎ）	1	良寛物語　手毬と鉢の子
	2	噓
	2	貧乏な少年の話
	2	小さい太郎の悲しみ
	2	耳
	3	ごん狐
	3	百姓の足、坊さんの足

	3	のら犬
	3	鳥右ヱ門諸國をめぐる
	3	木の祭
	3	最後の胡弓彈き
	3	屁
	3	錢
	4	うまれて　来る　雀達
	5	雀
	6	自轉車物語
	6	天狗
	6	盆地の伴太郎
	7	騙された羊飼
	7	自殺宣言
	7	ヘボ詩人疲れたり
	7	〈無題〉『喜作ははじめ』
	8	雨後鼻興
	8	麥わら
	8	少年
	8	春の電車
	8	初夏抒情
	8	入日
	8	麥
	8	麥秋
	8	花火
	8	水ぐるま
	8	麥の芽
	8	行き行けど
	8	天龍も
	8	小麥刈る
	9	古安城聞書
ムギ	4	ウマヤノ　ソバノ　ナタネ
	4	ヒロツタ　ラツパ
椋の實（むくのみ）	2	椋の實の思出
メロン	6	百牛物語
	6	鯛造さんの死
桃（もも）	1	良寛物語　手毬と鉢の子
山芋（やまいも）	9	〈断簡〉『第三場　断崖の下』
山櫨の實（やまはぜのみ）	9	「羊歯」さん
落花生（らっかせい）	1	良寛物語　手毬と鉢の子
	8	からす
	8	落花生
	8	陸稲

らつきよ	7	〈無題〉『ノボルは杓文字を』
林檎（りんご）	6 6 8 8 8	名無指物語 帰郷 歌 街に出でて 林檎噛めバ
りんご	6 8 8 8	無題『北側の』 深呼吸 りんごの車 林檎
リンゴ	6 9	一枚の葉書 千鳥
わけぎ	6	無題『北側の』
綿の實（わたのみ）	9	古安城聞書

◉「選定、分類及び表示」の基準◉

1. 選定

・校定全集の第1巻から第9巻に掲載された作品から選定する。良寛物語は第1巻上段の「学習社版　初版本」について選定する。
（注）本文にて採り上げている植物には、このリストに含まれないものがある。
・原則として、「生ある植物」として登場する固有名詞を選定する。
（例）花、木、草等は、選定していない。

2. 分類

・「花」「木」「草」「実」の4分類とする。
・「実」の部には、木の実、もしくは果実に類する「食用に供するもの」、「作物」、及び「他の部には分類しにくいもの」を含む。
・同じ読み方であっても、使われ方に従って分類する。
（例）「柊」は、「花」「木」に分けてある。特に作品中「花」として登場する植物は、例えば「柊の花」というように明確に区分できるように記載する。

3. 表示

・あいうえお順とする。
・同じ読み方の場合、「漢字」「ひらがな」「カタカナ」順とす

る。

（例）「薔薇」「ばら」「バラ」に分けて表示する。

・標準語、方言の順序とする。

（例）草の部：れんげさう、れんげ、レンゲ、紫雲英（げんげ：方言）、げんげ（方言）

・読み方が異なっていても、同じ植物の場合、連続させて表示する。

（例）銀杏（いちょう）、乳樹（ちちのき）、大公孫樹（おおいちょう）

・新美南吉の原稿の状態に極力近づけるため、植物名、作品名は、共に、原則として校定全集中での表記を採用。つまり、校定全集での字体、表記である「旧字、旧かな」で表示。なお、現代の字体と酷似している場合のみ、現代の字体を採用。このため、本文とは表記が異なる場合がある。

・植物名は、小学生でも読めるように「ふりがな」を（　）書きにする。

・作品名は、校定全集中での表記とし、「ふりがな」は振らない。

（杉浦）

（22）　新美南吉の作品に登場する植物一覧